古今花絮

集锦

王久成 著

北京燕山出版社
BEIJING YANSHAN PRESS

图书在版编目（CIP）数据

古今花絮集锦 / 王久成著. -- 北京 : 北京燕山出版社, 2016.8

ISBN 978-7-5402-4168-1

Ⅰ. ①古… Ⅱ. ①王… Ⅲ. ①散文集－中国－当代 Ⅳ. ①I267

中国版本图书馆CIP数据核字(2016)第163988号

书　　名：古今花絮集锦
作　　者：王久成
封面摄影：郑天立
责任编辑：金贝伦　王　迪
出版发行：北京燕山出版社

社　　址：北京市西城区陶然亭路53号
邮　　编：100054
电　　话：010-65243837
经　　销：新华书店
印　　刷：三河市灵山红旗印刷厂
开　　本：710毫米×1000毫米　1/16
字　　数：180千字
印　　张：14.5印张
版　　次：2016年8月第1版
印　　次：2016年8月第1次印刷
定　　价：32.00元

前　言

本人自幼喜爱文字，由于错综复杂的原因步入医门，先后在甘肃、河北、北京从医。退休了，从高度紧张、劳碌中解脱出来后，除了从事志愿者以及其他必要的医事活动外，专心学习写作。继长篇小说《万能医生的岁月》出版后，对2012年4月至2016年4月刊载于《世界日报》（上下古今版）的短文进行整理，选择其中的50篇汇集成册，便于文学爱好者阅读。在50篇短文中，有的加了附记和（或）后记，可使读者对该篇的主要寓意的认识进一步拓宽。此外，在每篇文章中还附上数幅照片，利于读者对文章所涉及的内容加深感性认识。作者在文字领域是完全的门外汉，愿与文字爱好者切磋交流，更期盼业内先导的赐教和指点。

联系信箱：wjcmpl@163.com

作者 王久成

目录

一 风味食品篇

二 历史文物古迹篇

三 习俗文化篇

四 综合篇

| 风味食品篇 |

北京炒肝儿

炒肝儿是北京特色小吃，如果您理解为把猪肝放在锅里炒，那就错了。炒肝儿与“炒”毫无关系；猪肝是炒肝儿的原料之一，最重要的是猪肠子，占原料的三分之二，若取名“卤肥肠（儿）”似更为贴切。

其实北京好多食品名不副实，如小吃“杏仁茶”、“面儿茶”都没有茶；“驴打滚（儿）”与驴躺在地上打滚儿无关；所以选择食品不能只看名字。

前门大街鲜鱼口老字号美食街

北京炒肝儿的发展过程与一个关键故事分不开。清同治元年(一八六二年)，前门大街鲜鱼口胡同一家无名小酒馆开业，同时做些便宜的饭菜。没多久，一位老者来吃饭，说自己钱少只要些最便宜的，店主宽容地说钱不够没关系。老者走后，店主人发现饭菜越卖越多，认为这位老者是活神仙，因与神仙会了面，遂将小店取名“会仙居”。店主没有子女，请妻弟刘喜贵来帮忙，同治末年（一八七四年）店主辞世，会仙居归刘喜贵所有。刘氏送三个儿子到饭馆先后学徒出师一起经营小店。光绪十六年（一八九〇年）刘喜贵去世，小店留给三个儿子，但生意一直不景气。受邻居“白水汤羊铺”的启示，兄弟三人做起了“白水杂碎”并添加了其他小吃，但白水杂碎制作简单、佐料不精，时间一长不受食客欢迎。为维持生计，兄弟三人潜心研究改进制作方法。

老字号“天兴居”炒肝儿店

晶莹明透、爽口的炒肝儿

当时《北京新报》的主持人、满族作家杨曼青经常光顾小店，与刘氏兄弟很熟，了解到他们的想法便提出建议说：“把白水杂碎的心和肺去掉，保留肝和肠再配上多种辅料加酱色勾芡，取名‘炒肝儿’而不叫‘烩肝儿’或许能吸引食客。要有人问为什么叫炒肝儿，就说肝儿炒过。我在报上帮你们宣传。”三兄弟觉得主意不错依言而做，把鲜肥的猪肠用碱、盐浸泡揉搓，然后用清水加醋洗净用文火炖；肠子烂熟之后切成小段，鲜猪肝切成柳叶状薄片，然后配备姜、蒜泥、黄酱、酱油、醋、精盐、淀粉、明矾、熟猪油、猪骨汤等，改进了制作过程，最后熬成粥状成为新食品——炒肝儿。

且不说“肝”在“炒肝儿”里占多大比例，这“炒”字是有说法的。据说“炒”是满文的译音，就是“煮”。满族原无文字，明万历二十七年（一五九九年）满族首领爱新觉罗·努尔哈赤命兼通蒙汉两语的额尔德尼和后金开国功臣之一噶盖参照蒙文字母创建了“无圈点满文”（老满文），因使用不便，清天聪四年（一六三〇年）太宗皇太极令长期从事文馆工作而精通满汉语的达海等人改进成较完善的“有圈点满文”（新满文），二百多年后清政权灭亡，满文被弃用，现已濒临失传。据二〇一〇年人口普查登记满族者超过千万（一千零三十八万七千九百五十八人），但会读写满文者不足百人，以满语为母语者已经绝迹。农历十月十三日是满族的族庆日“颁金节”，二〇〇七年农历十月十三日，在京的六百余名满族人欢聚一堂庆祝这一节日，却无一人会讲满语。所以“炒”是否就是“煮”难以确定。

正宗炒肝儿选料极其严格，必须是当日宰杀的新鲜猪内脏，彻底清洗三遍以上，做出的汤汁晶莹明透，油亮酱红，稀稠适度，肠子又软又烂，肝尖儿也很鲜嫩，色香味俱备，一时间会仙居的炒肝儿别树一帜出了名。民国二十二年（一九三三年），另外一家炒肝儿店“天兴居”在会仙居对面开业，两家较劲竞争，制作工艺和味道进一步提高，天兴居后来居上生意红火逐渐胜过会仙居。与此同时，四九城（北京有外城、内城、皇城。皇城四门：天安门、地安门、东安门、西安门；内城九门：正阳门、崇文门、宣武门、朝阳门、阜成门、东直门、西直门、安定门、德胜门；“四九城”即泛指京城各地。）的小饭馆、小吃店相继效仿制作，有的增加了不同的辅料，出现了不同口味的炒肝儿。有趣的是后来民间出现了与炒肝儿有关的歇后语或诙谐语，比如说“这人跟炒肝儿似的——没心没肺”、“猪八戒吃炒肝——自残骨肉”等等。

正宗吃炒肝儿不用筷子不用勺，手托碗底沿碗边转圈用嘴抿着喝，发出往嘴里嘬的声音，这种吃法已被摒弃。因炒肝儿不是主食，一般配上小包子（非特指小笼包）一起吃，所以炒肝儿店同时经营小包子。应该说炒肝儿的味道很鲜美，所以引得大多数北京人的青睐，《燕都小食品杂咏》说出了北京人对炒肝的赞美：“稠浓汁里煮肥肠，交易公平论块尝。谚语流传猪八戒，一声过市炒肝香。”

围着八仙桌就着小包子吃炒肝儿的人

推崇炒肝儿的人认为猪肝含有大量蛋白质和多种维生素，有明目养血的功效，适合气血两虚的人食用。其实肝脏是综合加工处理厂，是所有的代谢产物——垃圾堆积的地方，是最不洁净的场所；况且肝和肠胆固醇含量都很高，与健康饮食理念相悖，患有高血压、高血脂、冠心病者以少食为宜；对抵不过其美味诱惑的健康人可以放开胆子尽情享用。

目前炒肝儿的经营点（不一定都有小包子）已遍布四九城，但各家的口味不尽相同，最有名望的当属老字号。由原会仙居和天兴居一九五六年合并成的北京天兴居炒肝店，因其悠久的历史和正宗的工艺，被列入“非物质文化遗产”保护名录，制作的炒肝儿于一九九七年十二月被中国烹饪协会授予“首届全国中华名小吃”称号，来访京城者不妨前去尝鲜。

《世界日报》（上下古今版）2012年11月27、28日连载

北京豆汁儿

说起北京豆汁儿话题就多了，最集中的是关于豆汁儿的味道问题。各色人等对豆汁儿味道的形容，用“酸、馊、臭、酸涩、酸臭、霉臭、泔水味、刷锅水味、馊半街、馊腐发酵的怪酸味”等不一而足。无论是北京人还是外来人第一次喝豆汁都会留下难忘的感受，有人喝第一口还没下咽就感到恶心，甚至引起呕吐。就是把已含在嘴里的吐出来或捏着鼻子勉强吞咽下去也会感觉不舒服。著名学者梁实秋在散文里写道，“豆汁儿之妙一是在酸，酸中还带着馊腐的味道……”可见按照中国人对饮食“色、香、味”的评判标准，豆汁儿的味道确实属于另类。

新街口南护国寺街　老字号“护国寺小吃”（舒乙先生手书）

虽然对豆汁儿味道描述用尽了贬义词，但仍备受老北京人的青睐，一句民间语说得好：“萝卜白菜各有所爱。”大千世界就是这样！他们认为，说豆汁儿不好喝的人是因为他不会喝，而且喝得太少，如果细细品来其味道浓厚醇香；有句歇后语说：“北京老太太喝豆汁儿——好喜（稀）！”就这么喜欢！有人说看一个人对喝豆汁儿的反应就知道是不是地道的北京人。喝一口豆汁儿马上露出笑脸，满意地嘘口长气："啊！"这位肯定是北京人；如果眉头紧皱，要没有耳朵挡着能把嘴咧到后脑勺上去，无疑是外来户。著名香港电影导演、编剧胡金铨先生在《谈老舍》中说："不能喝豆汁儿的人算不得是真正的北京人。"

北京曾流传"北京豆汁儿，满族人的命根儿"的说法，豆汁儿是满族人的"本命食"。有笑话一则说：朝阳门外营房的满族人都聚在街头痛哭流涕，路人询问原因，哭者说："豆汁儿房都关张了，岂不要人命？"

到护国寺小吃 喝豆汁儿吃小吃的人络绎不绝

喝豆汁儿不拘地位高低和民族，不论社会名流还是达官贵人极为普遍。穿着体面的人如在摊上吃灌肠会被人耻笑，唯有喝豆汁儿不足为耻。梅兰芳很喜欢喝豆汁儿，在北京居住时，经常到外面端回一锅全家大小一人一碗。抗战期间梅先生居住上海，弟子言慧珠赴沪演出，特从北京带四斤装大瓶豆汁儿孝敬师傅；著名的西部歌王王洛宾最后喝了豆汁儿才离开人世。梁实秋先生有文："卖力气的苦哈哈，一脸渍泥儿，坐小板凳儿，围着豆汁儿挑子，啃豆腐丝儿卷大饼，喝豆汁儿，就咸菜儿，固然是自得其乐。府门头儿的姑娘、哥儿们，不便在街头巷尾公开露面，和穷苦的平民混在一起喝豆汁儿，也会派底下人或是老妈子拿砂锅去买回家里重新加热大喝特喝。而且不会忘记带回一碟那挑子上特备的辣咸菜，家里尽管有上好的酱菜，不管用，非那个廉价的腌萝卜丝拌的咸菜不够味。口有同嗜，不分贫富老少男女。”《燕都小食品杂咏》中一首七绝：“糟粕居然可作粥，老浆风味论稀稠。无分男女齐来坐，适口酸咸各一瓯。”并说：“得味在酸咸之外，食者自知，可谓精妙绝伦。”

大陆实施统购统销政策以前的北京，除了小吃店卖豆汁儿，还有在街边设摊和走街串巷肩担的，一般都配上炸焦圈和芝麻烧饼等一起吃。笔者年少时，卖豆汁儿的摊点比当今的早点摊还多，坐在小摊的板凳上就着一小碟咸菜丝喝豆汁儿是常事，虽不属于豆汁儿痴，现在还有时去光顾豆汁儿店。当今的豆汁儿店已经不多，往返花两三个小时车程专门到豆汁儿店者，大有人在。

遇见一位爱喝豆汁的人

《燕京风俗录》记载：“豆汁儿最早是辽国民间大众食品，但是谁发明、又何时兴起无从考证。”另说元明时期北京有很多粉房制作豆制品；清代某粉房在炎夏季节做绿豆粉，磨出的半成品汤水当天没用完，次日已经发酵，主人舍不得扔掉，尝尝味道酸甜可口，于是便将其煮熟饮用，较生喝味道更好，原始的豆汁儿就此面世。后来有了专门制作豆汁儿的工艺。

清乾隆十八年(一七五三年)有人上奏称:“近日新兴豆汁儿一物,已派人检查是否清洁可饮,如无不洁之物,着蕴布募豆汁儿匠二三名,派在御膳房当差。”于是,源于民间的豆汁儿成了宫廷的御膳,清宫御寿两膳房都要做豆汁儿,饭后皆饮以解油腻。据载咸丰十年(一八六〇年),咸丰帝七月十七日在热河驾崩,二十九日棺木运回北京,刚回到宫里东西两太后就带领同治向御膳房要豆汁儿喝。所以有“豆汁儿是清宫御膳的一种饮料”的说法。

豆汁儿夏天可消渴解暑,冬季能清热温阳,四季常喝开胃健脾,有保健的功效。据说近年有医生观察,豆汁儿的降脂效果良好。一九九七年八月,中国烹饪协会已授予护国寺小吃的豆汁儿为“中华名小吃”。

说了这么多,那豆汁儿的味道到底怎么样?实在很难用文字确切表达,没喝过豆汁儿就不算到过北京,唯一的办法就是您亲自品尝。不过笔者还是要特别提示您,如果没有足够的胆量还是以免尝为宜。

《世界日报》(上下古今版)2012年12月23、23日连载

臊子面

“臊子面”是我国北方，特别是西北地区流行的传统食品，品种多达数十。不管是婚丧嫁娶还是孩子满月、老人祝寿、待客、祭祀及节庆日等均离不开，并各有说辞，总之是一种广大民众饭桌上的佳肴。

当前不少美其名曰为臊子面，实则滥竽充数，无法与真正的臊子面相提并论。臊子面与普通面食相比，在面粉选择、和面、饧面及擀切操作技能和吃法上均有不同。正宗的臊子面当属陕西岐山，要求饧面时间足够六小时，擀得薄厚均匀、切得又细又长，吃起来筋道。俗话说：“一碗面七分汤”，说明“臊子”的重要性。无论臊子是荤是素，以鲜嫩、酸、辣、红、香、亮等为基本要素，而且要用铁锅制作。至于吃法，最具代表性的是岐山“口水面”，即吃面剩汤再添面加汤，只要碗里有剩汤，主人就会不停给客人添面，直至把碗里的臊子汤喝净为止，与藏牧民用奶茶加曲拉待客类似，只要碗底还有曲拉，主人就一直给客人加奶。

臊子面原称“汤饼”，为唐代广泛流行于陕西岐山的一种面食；刘禹锡诗曰：“余位座上客，举箸食汤饼。”宋代诗人苏东坡在陕西任职期间也留下赞语：“剩欲去为汤饼客，却愁错写弄獐书。”两代人的诗句足以说明早在唐宋年间臊子面就已是备受人们青睐的食品。随着时间的推移，广泛流行于陕西西安、关中、渭北，甘肃兰州、天水、陇东等西北各地，并派生出不同的特色。黄土高原的民间窑洞是臊子面最重要传承地。

臊子面的名称来源有一个经典的民间故事。据传有几个小伙子到一个年长几岁的新婚男子家做客，主人以长长的面条接待。因为面条特别好吃，一个人惊问：“这面是谁做的，太好吃了！”男主人听了极为得意，自豪地说：“是你们的新嫂子！”人们异口同声惊呼：“噢！是嫂子做的，嫂子面！”众人要求见一见嫂子当面感谢。可是当地有忌讳：少女嫩妇不允许随便与陌生男人见面，即使相见也不能搭话以示害臊怕羞。从此，就把同音不同声的“嫂子面”叫成“臊子面”。

各色臊子面（取自网络）

另有传说，以前岐山一人家娶了聪明伶俐的媳妇，第二天为全家做了一餐面条，一家人食后无不称赞鲜美。后来，小叔考中官职请同窗好友到家做客，让嫂子做最拿手的面条款待，人们吃了赞不绝口。从此嫂子面出了名转称臊子面。此说显然与前一个故事同出一辙。打开词典，“臊”字除了是一种难闻的气味外，只有一个“害羞”的解释，这充分印证了臊子面名称来源的可信性。

有人将臊子面称为“梢子面”，“梢”字的音和声均可与“臊”字相同，“梢子”就是在面条表面撒上一些碎的调料，叫“梢子面”尚可理解。还有人将其称“哨子面”，据说因为关中地区的方言把“臊”读为“哨”音，由于误读误写误传所致。又说因面条又细又长又筋道，再加上美味臊子，吃起来发出的声音如哨音，故称“哨子面”。这无稽之谈，有损正名臊子面的声誉。除了西北臊子面，比较有名的还有山西襄汾臊子面。豪门大户用臊子面招待亲朋贵客是炫耀富有的一种方式。山西臊子面从和面、擀切到煮捞全部过程中的细微之处与西北臊子面均有不同，就连切面刀的样式和尺码都有定数，擀好的面片还要放在刀垫上切。

笔者原以为臊子面只流行于北方，后听同学说起贵州臊子面才恍然大悟，但没亲眼见过，更不知其历史渊源与味道的异同，笔者无意溯流徂源。

《世界日报》（上下古今版）2013 年 1 月 21、22 日连载

王致和臭豆腐

“臭豆腐”为北京特殊风味食品中的名品，名字名副其实臭得很，即使将其放在容器里，如果封闭不严，臭味也能溢出。有人说：“臭豆腐闻起来臭，吃起来香；臭中有香为其特色，吃了令人难忘。”

由于气味难闻，极少有人在公共场所吃臭豆腐，即使那些特别钟爱者在家里吃，也是取出一点儿吃一点儿，取出后立即将其封起来。

“王致和南酱园”开业时所在地延寿寺街 49 号

现在是社区老年人活动站

有不少发明出于偶然，臭豆腐就是其中之一。发明人王致和为安徽仙源县举人，其家开有豆腐坊。清康熙八年(一六六九年)王致和赴京赶考名落孙山，欲返故里路途遥远盘缠不够，只有暂留京谋生等待下次再考。王致和年幼时曾跟父亲学做豆腐，于是在安徽会馆附近租了房子，一边读书准备下次考试，一边磨豆腐出售。时值盛夏的一天，豆腐没卖完，因怕变质，王致和将其切成小块配上佐料放在小坛子里，用盐腌上暂时歇业静心读书。秋天到了，他突然想起腌豆腐的事，急忙打开坛子，一股臭气扑面而来，一看豆腐变成青灰色，取出一块一尝感觉除了臭味还有浓郁的清香，于是送给邻人品尝，尝者都点头称赞，这就是原始的臭豆腐。

王致和腐乳厂大门牌匾由刘炳森书写

王致和塑像置在厂院中央

又到了三年一度的科考时间，王致和再次走进考场，如此连续几次仍榜上无名，于是决定弃学经商。回忆几年前把豆腐腌起来的经过，按以前的方法再制作臭豆腐出售。经过实践效果不错，销路渐广，生意很快红火起来并积累了财富。康熙十七年（一六七八年）在位于前门西南的延寿街购置了铺面房，“王致和南酱园”开业专门产销臭豆腐，批发零售兼营。后经摸索改进，制定出严格的制作标准和流程，生产出别具风味的“王致和臭豆腐”。宫廷太监将有近二百年历史的王致和臭豆腐买来作为御膳小菜面呈慈禧，慈禧甚是喜爱并据其形状色泽赐名“御青方”。此后慈禧几乎每天吃臭豆腐，并且一口就能辨别是否新鲜。臭豆腐成了“御膳小菜”身价倍增，分别由咸丰状元、光绪的老师孙家鼎和高官书法家鲁琪光为“王致和南酱园”题书刻成两块匾额。

腐乳科普展览馆展室

王致和南酱园营业铺面模拟景观

名誉京城的王致和虽早已辞世，但汪致和、王政和、王芝和等仿冒厂家却有增无减。一九五六年政府将仿冒的厂家归并王致和，并一起改制为公私合营。一九五八年淘汰了老旧设备迁址西郊田村（现阜石路四十一号），但原有的制作工艺保持不变。经过几百年变迁，王致和臭豆腐的独特风味保持不变，现已走出国门在三十多个国家和地区销售。

王致和品牌获得多项最高荣誉称号

当今，王致和已形成一种文化，王致和塑像伫立在总厂院内中心，二〇一〇年“腐乳科普馆”在工厂院内落成，系统介绍王致和其人和腐乳的历史、加工技术及其发展前景等。“国家非物质文化遗产”、“中华老字号”等十多项最高荣誉牌陈列在展橱中。

《世界日报》（上下古今版）2013 年 12 月 17 日刊载

附记：在组织撰写本文时，笔者怀着寻找孙家鼎和鲁琪光为“王致和南酱园”题书刻成的两块名匾的愿望。但因厂址几度搬迁和“文革”十年的动荡，在寻访中（包括工会的在职领导人）无人能明确地给出两块匾去向的答案。

古老的酒泉公园

酒泉位于河西走廊、祁连山北麓，已有数千年历史。因城东二公里许有“酒泉”而得名。“酒泉”原名“金泉”。《河西旧事》载：“古时有一人口渴到泉边取水，见有金色从水中出，照水往取得金，故曰金泉。”另还有“八卦泉”的称谓。金泉缘何称酒泉聚讼纷纷，莫衷一是。

民间广泛流传说，西汉时期祁连山下匈奴势力危及朝廷，武帝元狩二年（公元前一二一年）派骠骑将军霍去病率精兵一万西征大败匈奴，武帝为全军将士庆功赐酒一坛。将士众多而酒只有一坛，未满二十岁的霍将军即兴把酒倒进金泉湖与全军将士酌水共饮，遂将金泉称酒泉。又据东汉史学家班固《汉书·地理志》载：“酒泉郡城下有金泉，其水若酒故名酒泉。”而酒泉碑记载：“汉时开凿河西水道，引通泉脉；里人相传，此水如醴，故曰酒泉。”明清时尚有另说：“此泉之水用以酿酒，酒味甚佳，故名。”

石器壁上刻有诗仙李白《月下独酌》的诗句

几种易名诠释，显然霍去病西征时间在先，而《汉书·地理志》和“酒泉碑”及另说时间均在霍去病西征之后，霍将军已把武帝所赐之酒倾注金泉，金泉之水理应如醴。尽管如是说过于夸张不免牵强附会，但并无相悖之处。

酒泉水之独特在于水质清澈碧澄，甘甜如酒，可以直接饮用。严冬季节虽湖面结冰，但泉眼四周水汽蒸腾犹如烟云。自汉唐以来，诸多文人雅士各界名流在此驻足，或功勋卓然或留下墨迹和诗文。诗仙李白在《月下独酌》中写道：“天若不在酒，酒星不在天。地若不爱酒，地应无酒泉。”诗圣杜甫于唐天宝五年（七四六年）初到长安所作《饮中八仙歌》分别介绍唐代“醉八仙”诗中道：“……汝阳三斗始朝天，道逢曲车口流涎，恨不移封向酒泉……”汝阳王李琎为醉八仙中的二仙，敢在饮酒三斗后上朝拜见天子。路上如遇酒车就能馋得他流出口水，于是发出感叹，恨不能把自己的封地迁到酒泉。这些酣畅淋漓的诗文足以佐证酒泉早已久负盛名。

清代沈青崖为“湖心亭”取名“可酌”悬额 置于亭檐下，石碑写“西漠酒泉胜迹”

酒泉地域广阔，秦汉以前旧称西戎地、西羌地等，羌、戎为该地土著人。曾先后从属北凉、北魏、吐蕃、回纥、西夏、元等多个民族政权。三千年来，酒泉曾置县、州、郡、镇、专员公署、专区、县级市、地级市等。伴随酒泉地区几千年复杂的历史更迭变迁，酒泉公园也饱经沧桑。

明代始有文字记载：“水榭遗迹，泉水兴旺，芦苇遍生，野鸭成群，清静可观。”清乾隆年间正式鸠工庀材建园，全面部署楹、亭、轩、廊的方位，为公园建筑规模奠定了基础。继而增建楼台、月门、牌坊等。同治年间青海循化撒拉族人马文录率兵占据酒泉，历经九年战火使酒泉及公园遭到严重破坏。光绪五年（一八七九年），陕甘总督左宗棠屯兵肃州拓展驿道，畅导军民在沿途和园内广植杨柳（后称“左公柳”），并解囊捐银修建湖心亭，亲书“古酒泉”并留下对联“甘或如醴，淡或如水；有则学佛，无则学仙”，驻肃州（酒泉）军需库务沈青崖为湖心亭取名“可酌”悬额亭前。从此，公园重获新生，有了泉、湖、亭、榭、碑、廊及左公柳在内的大量园林建筑群，被命名酒泉公园。民国三十二年（一九四三年）民国政府酒泉驻军在园内广植花草树木，并进行全面整修和增建。历经三年竣工后有泉有湖景赛江南，改称“泉湖公园”。一九六二年重启酒泉公园之名。

左公柳

甘肃省特级教师、文物专家霍军经多方考证，在世界所有的公园中，建园时间最早的是十六世纪后期向民众开放的英国海德公园，其次是一八五六年建造的美国纽约曼哈顿岛的中央公园。建于一八七三年的日本大阪住吉公园位居第三。霍军认为应把左宗棠大规模整修和增建并向民众开放的光绪五年（一八七九年）作为酒泉公园的建园时间。清华大学朱钧珍在《中国近代园林史》中也认为左宗棠是酒泉公园的建园人，故此酒泉公园名列世界第四。

其实如若从乾隆元年（一七三六年）鸠工庀材起计算，应排名前二。笔者查阅了北京著名的颐和园、圆明园、天坛等的沿革史料，其始建时间均早于一八七九年，但并未列在其中，想必它们原本是皇家园林而非实际意义上的公园之故吧。即便有这些闻名于世的公园林立其中，古老的酒泉公园也毫不逊色。

酒泉胜迹碑

胜迹碑背面碑文

一九六七年笔者在西北医疗队期间落脚酒泉，曾与伙伴们到公园尽兴游览。尽管当年无人管理，所到之处似给人以荒凉之感，但却留下了极其深刻的印象，以致几十年后还常常回味当年的情景。最近，甘肃的朋友告诉我，酒泉公园于一九七二年对外开放，如今开辟了多个景点，并被国家旅游局认定为4A级旅游景区。获此讯息，我心居然泛起波澜，脑海里马上呈现出有山有水有胜迹的公园，碑林、杨柳和湖畔的苇叶芦花与碧波荡漾的湖水相映成辉的美丽意境。进而心中波澜迭起，意欲再择良机重游古老的酒泉公园，身临其境回味当年。

《世界日报》（上下古今版）2012年7月31日、8月1日连载

钟鼓楼

钟鼓楼是钟楼和鼓楼的总称。我国究竟有多少钟楼、鼓楼或钟鼓楼，没有公认的权威数字。钟鼓楼不仅建于有规模的城市，很多县城也能见到，且其雄伟壮观毫不逊色，如上海金山区，北京昌平区、通州区，四川德阳市、万洲、剑阁县，辽宁盖县，宁夏平罗县等都有钟鼓楼，还有被誉为“河西中天一柱”的甘肃永昌县钟鼓楼等等不胜枚举。因此除非成立专门机构进行系统调查，任何个人想彻底搞清所有钟鼓楼的资料实属不易。

北京钟楼

词典对鼓楼的诠释是：“旧时城市中设置打鼓的楼，楼内按时敲鼓报告时辰。”对钟楼的诠释只是“钟”和“鼓”一字之差。由此可见建造鼓楼和钟楼的目的就是“按时敲鼓（或敲钟）报告时辰”，是专为“旧时城市”报时而建的。

因古代（通常指一八四〇年之前）没有时钟或时钟尚未普及，记时靠日圭和漏壶（“夜漏”和“昼漏”）。钟楼设有金属制成的大钟，鼓楼设有大鼓和小鼓，钟楼和鼓楼合一者，即设钟也设鼓。百姓们的活动靠官府的敲钟击鼓报时来安排（置鼓的数量一般是小鼓二十四面，分别写二十四个节气名；

大鼓一两面；如南京鼓楼有两面，而洛阳、西安、北京鼓楼、德阳钟鼓楼等只有一面）。

北京鼓楼

北京钟楼和鼓楼

大多城市既有钟楼又有鼓楼，有的置钟鼓于一楼（如甘肃酒泉钟鼓楼和永昌钟鼓楼）。既然建鼓楼和钟楼目的同是为报时所用，因何既建鼓楼又建钟楼？原来不管实行“晨钟暮鼓”还是“晨鼓暮钟”哪种制度，敲钟击鼓是都有程序的，不同时代有不同的规定。汉蔡邕《独断》记：“鼓以动众，钟以止众。夜漏尽，鼓鸣即起；昼漏尽，钟鸣则息。”说明汉代报时是“晨鼓暮钟”制。唐朝长安实行“里坊”制，即以里坊为单位，每个里坊围以城墙，在四面或两面设坊门。宫城正门承天门上设置钟鼓作为全城的司时中心，早晚根据钟鼓声开启或关闭各坊门及宫门。与汉代相反唐代实行“晨钟暮鼓”制，钟鸣开城门，万户活动。鼓响关城门，实行宵禁。据白行简所著《李娃传》载：“久之日暮，鼓声四起。姆曰：‘鼓已发矣，当速归，勿犯禁！’”提醒鼓声一响赶快回家，不要犯宵禁。清代原规定钟楼昼夜报时，乾隆后改为只报夜里两个更时，钟鼓楼十九点“定更”先击鼓后敲钟，提醒人们该睡了，二更到五更只敲钟不击鼓，次晨五点“亮更”再先击鼓后敲钟提示该起床了，由两个更夫分别登钟楼和鼓楼执行“先鼓后钟”的任务。

甘肃酒泉市钟鼓楼

甘肃张掖市钟鼓楼

“鼓楼之设，必于中城，四达之衢所。”钟鼓楼应建在市中心，钟鼓声响彻百里。也有建在某个方向中轴线上的，如北京鼓楼建在南北中轴线地安门北部，钟楼在鼓楼正北五十米。还有一种始于隋代止于明代建于宫廷内的钟鼓楼，除了报时外还为朝会时节制礼仪用。唐代寺庙内也有设钟和鼓的，元、明时期发展为钟楼和鼓楼，专供佛事之用。如孙权为其母祈福长寿在上海龙华寺内建了宝塔（报恩塔）并增建了钟楼和鼓楼。

北京白云观钟楼

寺庙里的“晨钟暮鼓”并非早上敲钟晚上击鼓。不论早晚都既敲钟又击鼓，只是早晨是先敲钟后击鼓，晚上是先击鼓后敲钟。

钟鼓楼建筑究竟起自什么年代？汉代已实行“晨鼓暮钟”制，说明当时钟鼓楼已经比较普遍。有人说开封的钟楼和鼓楼是历史上第一座鼓楼和钟楼，这与汉代的“晨鼓暮钟”制和“天明击鼓催人起，入夜鸣钟催人息”的文字记载相悖，故笔者认为此说有误。而且有先于一千多年建的酒泉鼓楼（清光绪三十一年重修时设置大钟成为钟鼓楼），还有建于宋代的剑阁钟鼓楼、始建于北宋于金正大四年（一二二七年）重建的保定鼓楼、建于明洪武初年（一三六八年）的安阳鼓楼和南昌鼓楼以及后期的辽宁盖县钟鼓楼等，均早于一三七九年和一三八〇年建造的开封鼓楼和钟楼。建造时间较近的是银川钟鼓楼，楼底基始建于清道光元年（一八二一年），光绪三十四年（一九〇八年）

底基上建三层楼架，直到民国六年（一九一七年）才正式落成。一九三一年所建的徐州钟鼓楼，严格说已不属于钟鼓楼的定义和范畴。元代至元七年（一二七〇年）前后在意大利出现机械式时钟，民国九年（一九二〇年）二十四小时误差精确到千分之一秒的机械钟已经问世，到了二十世纪三十年代，人类活动不再依赖敲钟击鼓报时。

西安钟鼓楼

钟鼓楼的建筑除砖砌或石制的底基外，大多为两三层，也有多至七八层的。资料查到最高的当属北京四十六米的鼓楼。最低的是十三点一米的茂名鼓楼。钟鼓楼的结构和外形各式各样，鼓楼上层多为木制楼阁、殿堂式建筑，钟楼有的由砖砌成，钟楼和鼓楼同样气势雄伟壮观。凡是设在城市中心地带的，一般底基都有或通东西或通南北或通逵四达的券门，券门额上有石刻题词，上层飞檐下悬挂匾额，或二者具备其一。如酒泉钟鼓楼四门额题分别为“北通沙漠”、“南望祁连”、“东迎华岳”、“西达伊吾”，城楼东西两面二楼分别高悬“声振华夷”和“气壮雄关”木匾。

钟鼓楼积淀了厚重的历史文化，如南京钟鼓楼二楼，“鼓楼览胜”的匾额两侧的对联："闹市藏幽于无声处闻鼙鼓，高台览胜乘有兴时瞰金陵。"另有一副对联："钟鼓楼中，终夜钟声撞不断；金科场内，今日金榜才题名。"文化涵蕴深厚绵长。但由于缺乏文物保护意识，有的钟鼓楼与诸多的城楼城墙一样惨遭厄运，如建于清崇德二年（一六三七年）的沈阳盛京城鼓楼，民国二十年（一九三一年）以有碍交通扩路为由给予拆除。

二〇〇一年岁末午夜十一时五十七分，北京鼓楼突然响起了久违的击鼓声，由二十五名著名鼓手进行击鼓表演，持续三分钟至二〇〇二年元旦〇时。

上海龙华寺钟楼

钟鼓楼仅我国大陆所有吗？我国宝岛台湾、朝鲜半岛、日本、东南亚诸国是否有钟鼓楼？笔者尚无资料查证。望对此感兴趣的人士积极参与，进一步挖掘和传承钟鼓楼文化。

《世界日报》（上下古今版）2012 年 8 月 17、18、19 日连载

都江堰与二王庙

说起都江堰几乎无人不晓，但对二王庙却鲜为人知。其实二者关系极为密切。都江堰是由时任蜀郡太守、知名水利专家李冰及其子李二郎主持兴建的，工程自秦昭襄王五十一年（前二五六年）起，历时八年。

深淘滩 低作堰

二王庙建在都江堰岷江东岸的玉垒山麓。原是东汉时为纪念春秋蜀国国君杜宇建的“望帝祠”，齐明帝建武时期迁“望帝祠”到成都西北郫县，因李冰父子兴建都江堰有功，被百姓崇拜为神，故“望帝祠”原址改祀李冰父子。有人说二王庙是为纪念李冰父子于南北朝时所建，此说有误。

庙内墙壁上嵌有清举人王梦庚于嘉庆二十三年（一八一八年）书写的李冰治水“深淘滩，低作堰”的格言。齐建武五年（四九八年）庙内仅有大殿李冰石像，大殿两侧抱柱是歌颂李冰的对联：“六字炳千秋，十四县民命食天，尽是此公赐予；万流归一汇，八百里青城沃野，都从太守得来。”宋开宝五年（九七二年）成都平原五谷丰登，人们怀念李冰父子治水恩德，在后殿增塑了李二郎石像。

除了大殿和后殿，其余各殿依山就势，上下重叠交错而落。曾称“崇德庙”、“李公庙”、“秦太守李公祠”等，宋元两代李冰父子先后被敕封为王，故曾称“二王宫”，清乾隆年间改称“二王庙”。明崇祯十七年（一六四四年）庙宇因战乱受损，清同治、光绪年间相继修复；民国十四年(一九二五年)又失火焚毁，后由住持李云岩募资重建。“文革”期间，李冰父子石像遭破坏，现今的实物是“文革”后重塑而成。

二王庙

鱼嘴分水堤

秦汉以前都江堰一带主要是氐羌人，把开凿的玉垒山称“湔山”，筑成的“堰”称为“堋”，所以都江堰早期称为“湔堋”。三国蜀汉时期，都江堰地区置都安县，都江堰称“都安堰”。因为筑堤材料是竹笼里装鹅卵石，称为“楗尾”，所以唐代改称“楗尾堰”。直至元至正五年（一三四五年）十月成书的《宋史》：“永康军岁治都江堰，笼石蛇决江遏水，以灌数郡田。”首次出现都江堰的名字，并沿用至今。

都江堰主要由鱼嘴、宝瓶口、飞沙堰三大主体工程构成，建在岷江出山口处。“鱼嘴分水堤”把岷江一分为二，内江引水灌溉，外江泄洪。因水堤像一条鲸鱼卧在江心，圆锥形的堤端像鱼嘴，故称鱼嘴。宝瓶口是在玉垒山伸向岷江的山头上凿开的一个口子，形似瓶口故名，能自动调控内江进水量，起“节制闸”作用。飞沙堰溢洪道一方面适当控制进入宝瓶口的水流量，另因水流动力作用可以大量排沙，故名飞沙堰。三者有机配合，功能互依互制，使之枯水不缺，洪水不淹，既可引水灌田，又可分洪减灾。

横跨内外二江的安澜桥

向南望左侧山壁是“宝瓶口”右侧是“离堆”

岷江是长江上游较大的支流，川西地区常遭水患或遇大旱。《史记》载：“都江堰建成，使川西平原‘水旱从人，不知饥馑，时无荒年’，天下谓之‘天府’也。”古老的都江堰工程名誉中外，被珍视为“世界水利文化的鼻祖”。二〇〇〇年获联合国“最佳水资源利用和处理奖”。

历代政府无不关注都江堰，司马迁考察都江堰著《史记·河渠书》、诸葛亮北征设兵护堰、马可波罗游历都江堰著《马可波罗游记》、德国地理学家李希霍芬考察都江堰著《李希霍芬男爵书简》、黄炎培在都江堰办学、林森主持开水节等重大历史活动或设有都江堰专题或与之密切相关。一九九四年清明节，“都江堰建堰二千二百五十周年庆典”在都江堰渠首隆重举行，美、加、日、新等国家和地区六十九个使团到会祝贺。二〇〇八年汶川大地震波及二王庙，但都江堰完好无损。有人说，中国历史上最激动人心的工程不是长城而是都江堰。这不仅是因工程早于长城，也是因为其永远灌溉着中华民族。

开水节习俗源自古时祭祀水神活动，后改为祭祀李冰父子，是根据灌区对水的需要杩槎放水增加内江流量的日子，由历代地方要员在二王庙主持典礼。北宋太平兴国三年（九七八年）始定清明节为开水节。清代诗人李春《灌阳竹枝词》：“都江堰水沃西川，人到开时涌岸边，喜看杩槎频撤处，欢声雷动说耕田。”充分反映了都江堰每年开水节的盛况。一九五七年都江堰建了可随时启闭的闸门，从此杩槎放水仪式不再举行。为弘扬传统文化，一九九〇年都江堰恢复了传统的开水节。

可随时启闭的闸门

都江堰不仅是中国古代水利工程，也是著名的风景名胜区，具有众多的文物古迹。与都江堰关系最密切的除了二王庙还有安澜桥和离堆公园等。

安澜桥是名誉中外、长五百米的古索桥（又名“夫妻桥”），悬于都江堰鱼嘴分水堤上方，横跨内外两江，被誉为我国古代五大桥梁之一。

离堆公园于民国二十一年（一九三二年）建成。留在宝瓶口西边的山丘是开凿宝瓶口时从山体截断下来的，故名离堆。从离堆公园扶石栏南望，对面左侧山壁上有“宝瓶口”三字，右侧山丘上有“离堆”二字，两处隔内江相望；笔者发现一个有趣问题，按现在从左向右横向书写习惯，“离堆”写的是“堆离”，即“离堆”二字是从右向左书写的。笔者曾请教多人，或未予留意，或不知原委。经深入研究，笔者终于找到了答案二者之一：一、从来水的方向沿内江水流去的方向书写的“离堆”。二、从右向左的书写习惯改为从左向右以后，书写者未遵照原来书写规则重新书写的“宝瓶口”。此说可否破解二者书写方向不同之谜，承蒙智者不吝赐教。

《世界日报》（上下古今版）2012 年 11 月 8、9、10 日连载

今昔嘉峪关

嘉峪关始建于明洪武五年（一三七二年），早于坐落在渤海湾号称“天下第一关”的山海关九年建成，是长城横跨十省市、蜿蜒八千八百余里的终点关、西部第一隘口，被誉为“天下第一雄关”，两关首尾呼应。

关城建于河西走廊最窄处，位居“祁连”和“嘉峪”两山间，入关出关三重城廓，有东西两座瓮城和多道防线，具有“一夫当关，万夫莫开”的气势，是历史上东西交通和军事的要塞。

嘉峪关关内

嘉峪关建筑比较特殊，除了城楼、敌台、垛口等用石条和砖块包砌之外，其余均用黄土夯筑，但城楼飞檐凌空，造型峭拔。清林则徐有诗曰：“谁道崤函千古险，回看只见一丸泥。”上世纪七十年代姬乃甫的散文《河西走廊纪行》载：“登楼远望，长城似游龙浮动于戈壁瀚海之中，若断若续，忽隐忽现。”

建筑虽然巍峨壮丽，但多年来形单影只矗立在荒野。因为历史上这里从无郡县设置，除了守卫关城的将士和出入关口者，是个杳无人烟之地，所以一提起嘉峪关，人们的脑海里映出的只是嘉峪关的城垣。直至一九五八年伴随“酒泉钢铁厂”在关城内东北部兴建，才有人在此驻足，一个六百多年的单纯的关城名字从此成为名副其实的地名名称，并于一九六五年被设为酒泉地管市。

身后是黄土筑成的汉代长城

翁城外城楼

2004 年的嘉峪关城外（塞外）

一九六七年六月我随卫生部医疗队到甘肃巡诊。其间，我被招到宣传队住在酒泉，有幸走近嘉峪关。那时虽已有两年“市龄”，但只有几条短短的石子路，路两侧有接受着风沙洗礼的新疆杨树苗。市区里只有稀稀落落的房舍，路上不见车辆行驶和活动的人影，路的尽头就是一望无际的戈壁滩。

“天下雄关”石碑由清嘉庆十四年肃镇总兵李廷臣题写

丝绸古道在市区不远处穿过，两旁有高耸入云的新疆杨；这是陕甘总督左宗棠屯兵肃州（酒泉）期间，于光绪五年（一八七九年）拓展驿道时在沿途广植杨柳的证据。清代诗人杨昌浚用以仰慕左宗棠的“嘉峪关”七绝二首之一：“第一雄关枕肃州，也分中外此咽喉。揭来跃马城西望，落日荒山拥戍楼。”和之二：“上相筹边未肯还，湖湘子弟满天山。新栽杨柳三千里，引得春风度玉关。”所说的就是这一带的景象。偶尔可见在长长的颈项下悬挂着驼铃的骆驼队，在赶驼人陪伴下拉着大车或驮载着货物，自由自在地迈着大步缓缓行走在漫长的古道上；左右摆动的驼铃叮当作响，深深地留在人们的脑海。

内城楼上横匾是“天下雄关”两侧的城墙由黄土夯成

二〇〇四年八月，我又随卫生部医疗队再到甘肃巡诊，再一次身临嘉峪关。据悉，一九七一年嘉峪关已成为省辖市，一九八七年被联合国教科文组织列入《世界文化遗产地名录》，以其独特的历史轨迹走进世界。一九九五年后，荣获“中国优秀旅游城市”、“国家环保模范城市”和全省“无毒市”等称号，嘉峪关市已步入现代化，被誉为“戈壁钢城”。二〇〇一年落成的高三十九米的城市标志性雕塑“雄关之光”矗立在“雄关文化广场”；丝绸古道已由宽敞的柏油路所取代，路上奔跑着汽车、摩托车和各色拖拉机，再没见那驮载货物的骆驼队和骆驼拉车。城市规模已明显扩大，不仅火车站熙熙攘攘的人群川流不息，机场的客流量也迅猛增长；长城脚下的“嘉峪关乡”与市区紧密相连，园林、花圃、亭台、池塘、水榭、小桥等与雄伟的嘉峪关关城相映成辉，昔日的荒凉景象已与世告别，“形单影只矗立在荒野”的嘉峪关已成为著名的旅游景区而不再寂寞和孤单。

《世界日报》（上下古今版）2013 年 4 月 10、11 日连载

三宫六院

“三宫”最早指诸侯夫人居所，春秋《谷梁传·桓公十四年》：“甸粟而纳之三宫”，东晋经学家范宁注：“三宫，三夫人也。”随历史更迭，三宫的概念也发生了变化，汉代指太皇太后、太后、皇后为三宫，后来指后妃所住的中宫和东西两宫。

皇帝住的乾清宫

皇后住的坤宁宫

“六院”即“六宫”，不同历史时期概念有异。东汉郑玄注：“正寝一，燕寝五，合为六宫。”即皇后寝宫有六，后来泛指后妃居所。元诗人无名氏《抱妆盒》杂剧楔子中最早出现“三宫六院”这一复合词：“兀那三宫六院，妃嫔彩女听者：明日圣驾亲到御园，打一金弹，金弹落处，有拾得者。” 所说的三宫六院即帝王的后妃。白居易《长恨歌》：“回眸一笑百媚生，六宫粉黛无颜色。”即唐代六宫泛指后妃。所谓七十二嫔妃是泛指后妃众多，实际上多少不一，少则一二个，多的不止七十二个。

位于乾清宫和坤宁宫之间的交泰殿

清代以前实行一夫多妻与一夫一妻制并存。历代多数帝王无疑是一夫多妻的典型代表（但也有不少只有一妻的，如秦惠帝刘盈、三国时魏元帝曹奂、东吴会稽王孙亮、西晋怀帝司马炽、东晋明帝司马绍、唐高祖李渊、五代后唐闵帝李从厚、北宋英宗赵曙、南宋恭帝赵显、元定宗孛儿只斤·贵由、明惠帝朱允炆等）。后妃体制是多妻制的产物，起自汉代，并将其划分若干等级。明清实行三宫六院制，有人说三宫六院是由紫禁城的建筑格局而来的，这是因果颠倒的说法，应该说紫禁城是按"三宫六院"制而建成的。三宫建筑是皇帝住的乾清宫、皇后住的坤宁宫和二宫之间的交泰殿。三宫东西两路各有六宫，东六宫包括景仁宫、承乾宫、钟粹宫、景阳宫、永和宫和廷禧宫；西六宫包括永寿宫、翊坤宫、储秀宫、咸福宫、长春宫、启祥宫（太极殿），建筑为庭院式，故称东六院和西六院。乾清门以北为内廷，以南为外朝，东西六院建在内廷。

东六宫的延禧宫

皇后的坤宁宫

西六宫的嘉祉门

清代后妃有八级，皇后一人、皇贵妃一人、贵妃二人、妃四人、嫔六人等十四人有牌位，贵人、常在、答应等级别没有定数。各级后妃一律住在东西六院。嫔妃众多，有的仅与皇帝偶有同枕，有的甚至只见过皇帝面而实质上并未成为真正意义的嫔妃，而且一旦失宠便被打入冷宫或皇帝驾崩就被移住慈宁宫，有的才十几岁就成了太妃寡居一生。唐白居易《后宫词》："泪湿罗巾梦不成，夜深前殿按歌声。红颜未老恩先断，斜倚熏笼坐到明。"唐薛逢《宫词》："十二楼中尽晓妆，望仙楼上望君王。锁衔金兽连环冷，水滴铜龙昼漏长。云髻罢梳还对镜，罗衣欲换更添香。遥窥正殿帘开处，袍袴宫人扫御床。”就是大多数下层嫔妃切盼帝王驾临的真实写照。

另一面，虽说交泰殿立有“内宫不许干预政事”的警示牌，但众多的妃子是一种无形的力量，潜移默化地起到干预政事的作用，甚至影响历史走向和进程。正如后唐刘昫在《旧唐书》中所说：“三代之政，莫不以贤妃开国，嬖宠倾邦。”

当今，三宫六院已不复存在，但包括高官在内的权贵人士明里暗里包二奶三奶并不少见，其本质无异于三宫六院，也多因此而败落。

《世界日报》（上下古今版）2013 年 6 月 30 日、7 月 1 日连载

北京门墩儿

北京人称院门外两侧与门槛儿相连的门枕石叫“门墩儿”、“门当儿”、“门鼓”等，是民宅、四合院的一种配件。随汉代四合院建筑格局的形成，门墩儿应时面世，有守护宅门、吉祥如意和辟邪纳福的意思。

文天祥丞相祠大门门墩

文官官员宅门门墩

秦汉时期置“右北平郡”（晋代改“北平郡”），北京门墩儿源自其下辖的“无终邑”（现天津蓟县）。唐代无终邑设为“蓟州”，门墩儿得到进一步发展。宋徽宗崇宁二年（一一〇三年），由官方颁布出版、李诫编纂的关于建筑设计、施工规范的《营造法式》中就有门墩儿的专题。

普通民宅门墩

武官官员宅门门墩

明清时北京门墩儿发展进入繁盛期，多以汉白玉和青石为原料制作，有抱鼓形、长方形、狮形、虎形、柱形、多角形等，以抱鼓形和长方形为多见。据传统礼制，居民的门楼和门墩儿的形状与主人的职业、身份、地位、人品和情趣有关。为官者，鼓形和抱鼓形象征战鼓，表示武官；方形和长方形象征砚台，表示文官。小型四合院、大杂院的大门以及大府宅内院门墩儿多为抱鼓形、长方形。而皇族、官府机构或书香门第的府宅四合院里的门墩儿多为狮子形、虎形、柱形。

门墩儿上雕刻的有龙、虎、鹿、狮、鱼、鸟、麒麟等不同动物，或梅、竹、菊、荷、牡丹、松柏等不同植物以及福禄寿、子孙、事业等吉祥的字词，寓意人们对幸福生活的向往；也有的简单平俗，寓意主人的祥和心态。北京有一首哄孩子的儿歌：“小小子儿坐门墩儿，哭哭啼啼要媳妇儿；要媳妇干吗呀？点灯、说话儿、吹灯、就伴儿、做鞋、做袜、做裤、做褂儿、搭上腿焐脚丫儿，清早起来梳小辫儿。”形象地描绘出旧北京门墩儿的趣事。老舍先生的中篇小说《月牙儿》、林海音女士的中篇小说《城南旧事》等都提到了门墩儿。

书香门第宅门门墩

门墩儿可分为吉祥兆瑞、鸿福相传、长寿康宁、世代相传、喜上眉梢和官品人品等几大类，各有与之相匹配的外形及其所雕刻的饰物和文字，有的还有与之相匹配的“门对儿”（现已罕见），如：“忠厚传家久 诗书继世长”、“敦诗阅礼 含谟吐忠”等，充分表达主人的特点。从而使原本起支撑固定院门作用的门墩儿演变为有文化内涵的民间建筑艺术品。

“枕石园”坐落在北京语言大学校园内幽静的一隅

北京松堂斋博物馆位于国子监街东口

如今的北京已被高低无序、规模不一的各式楼房所蚕食，历经沧桑的门墩儿逐渐退出历史舞台，遗存至今的除了重点保护者外，大多已残缺不全或模糊不清，其发展的历史印迹很少有人关注和重视。幸而有李松堂先生私人“北京松堂斋民间博物馆”于二〇〇一年建成，把门墩儿作为雕刻艺术品纳入馆藏。另有北京语言大学日籍教师岩本公夫先生对门墩儿的研究和保护做出了极大贡献。为研究门墩儿，岩本公夫先生几乎跑遍了北京千余条大小胡同，接触到大量门墩儿，绘制了“北京市区门墩儿地图”，还为摆放门墩儿在学校内建了“枕石园”，设置了门墩儿照片档案，并举办了“北京门墩儿摄影展”等。在有关方面大力支持下，一九九八年曾在中国历史博物馆举办“门墩儿艺术展”。在岩本公夫先生的论文《北京门墩儿初探》和出版的著作《北京门墩儿》中，对具有二千多年历史的北京门墩儿进行了深入系统地记述，将其演变过程和源远流长的文化内涵载入史册。

《世界日报》（上下古今版）2013 年 8 月 3 日刊载

门当户对

元王实甫《西厢记》、明柯丹邱《荆钗记执柯》、清曹雪芹《红楼梦》、现代茅盾《手的故事》等诸多作品都出现成语“门当户对”。意思是说已婚配或尚未婚配的男女之间的家庭背景、社会地位和实力大致相似。

“门当”就是住户大门外两侧的一对俗称“门墩儿”的石墩子，在《北京门墩儿》一文中做过专题介绍。

“户对”又名“门簪”，是用卯榫结构把安装门枢的连楹固定在门框上的短木桩，就像古人插着头簪的发髻，故名。门簪源于“阀阅”，原是功勋世家大门外特有的装置，标识主人的地位，普通人家不允许安置。随汉代四合院建筑格局的形成，“阀阅”再不是功勋世家的专利而演化成“门簪”。门簪除了有固定门扇于连楹的功能外，由于制作不断美化而成为宅门的装饰物。建筑史学家刘敦桢在《河南省北部古建筑调查记》中对门簪的演变过程作了详细叙述。门簪一般宅门有两个、大宅门有四个，身份品级高的有多至十二个，因为成双成对，所以称为户对。自有了门当户对的说法，门簪又有了身份等级的特征，赋予了厚重的文化内涵，以致媒妁要看准了门簪的数量再去寻找与之相应的人户。

门簪的卯榫结构把安门枢的连楹与上门框紧紧锁扣在一起

与宅门一样，门簪多为朱红色，正面多为淡蓝色，少数为原木色。其正面有圆形、正六方形、八角形、花瓣形等。有资料介绍，南方的门簪正面有的呈正方形和矩形，犹如桩柱式的官印，这在北京是见不到的。

通常门簪只有一对的，其正面多有“吉祥”、“如意”、“平安”或“福寿”等字样；有两对的，其正面多有“吉祥如意”、“福禄寿德”、“天下太平”、“惠我迪吉”等字样，没有字样的则绘有各种图案，有少数门簪正面既无图案也无文字而是空白的。有人说在建筑学上，门簪正面的直径和桩柱长度与“面阔”、“中槛”和“连楹”等有比例关系，笔者对二十八对门簪进行过实测量，正面直径十六至二十厘米之间，长度十一至二十一厘米之间；有的粗而短，有的细而长，似未发现固定关系。正面的形状以及直径与长度的比例究竟寓意何在无从查考。至于门簪用桩柱形的原因，有人认为是对男性生殖崇拜，意为祈求香火旺盛，对此笔者缺少足够的证据不便断言。

一对细长六角形、无花纹和字词

一对短而粗花瓣形、无花纹和字词

门当与户对是宅门主人家境的标志，也是大门外的重要装饰，据建筑学的和谐美学原理“门当”与“户对”上下呼应，只要有门当就必有户对，所以门当与户对也是百姓宅门建筑中不可缺少的组成部分。可见，传统建筑中门当和户对的外形和饰物，不仅是一种建筑文化，也是一种民族文化。所以二者成为一体，在社会观念中演变成男女衡量婚配条件的常用语。

两对六角形、无花纹和字词

两对六角形、“吉祥如意”字样

小康结小康，富商嫁富商，“门当户对”不无道理。一个人的习性、思维方式和成长过程无不受到家庭的影响，有更多共同性的二人结合，其婚配才会更有生命力，所以门当户对有其合理性；但是大量古今实例证明，门当户对不能作为首要条件，更主要的是二人的缘分，否则也会造成悲剧。

无门当、无户对

无门当、有户对

现在民宅大门同时保留门当和户对的已不多见，有的只有户对而缺少门当或只有门当而没有户对，看起来很不协调；有的既不见门当也不见户对，具有两千多年历史的“门当”与“户对”发展的辉煌期已成为过去时。虽然实质意义的“门当”与“户对”已淡出了人们的视线，但其现实意义并没有离人远去，或明显或潜移默化地影响着人们选择配偶的心理。

有门当、无户对

有门当、有户对

这里有必要提示，有人把户对称作门当，而称门当为户对，造成概念混乱，但并不影响对门当户对的诠释。

《世界日报》（上下古今版）2013年8月29、30日连载

卢沟桥与宛平城

卢沟桥位于城西南、距市中心约十五公里，是北京现存最古老的石造联拱桥，为我国四大名桥之一。

桥碑

石栏上的石狮子和古道

此地原来为一渡口，传说有田姓男子在此做摆渡生意。一天，在渡口附近经商的卢姓人携巨款搭乘田氏的摆渡探家，田氏见了顿起歹心，将卢氏翻入河中掠财归己。来年田氏生有一子，儿子十岁始每天要打他三个嘴巴，否则哭闹不止。田氏因此懊恼求教修道的和尚。和尚说：“这孩子是被害卢氏转世找你来算账的。”田氏听了惊恐失措，求和尚救命，和尚说：“这事好办，只要用你打劫的钱在这里修一座桥，使过往行人不再受坑害就行了。”田氏听了，只好请工匠修起一座桥，田氏又向和尚讨教桥名，和尚说：“这是用卢氏债款所修，就叫卢沟桥吧！”

桥身与宛平城西门直对

康熙视察碑亭

乾隆御笔卢沟晓月

康熙卢沟桥碑文

乾隆重葺卢沟桥碑记

卢沟河属于具有三百多万年的永定河水系，上游发自山西高原的桑干河，会雁云逐水，过怀来夹山激流而下，历史上经常泛滥、河道多变，故名“无定河”。清康熙年间修筑大堤以固定河漕，易名“永定河”。自北京成为北方重镇后，卢沟河段渐成渡口，金天德三年（一一五一年）扩建辽南京（北京时称南京）并改称中都，贞元元年（一一五三年）迁都于此。随其政治经济中心地位的形成，逐成要津。金大定二十九年（一一八九年）始建石桥，历时三年竣工。桥总长二六六点五米，宽七点五米，两端最宽处九点三米，共有桥墩十个，横券联拱十一涵，成为进退咽喉。因桥横跨卢沟河段，故称“卢沟桥”。桥身由白石铺砌，两侧每根石栏柱上雕有大小不等、形态各异的石狮子。意大利人马可·波罗游此，载入“游记”传至世界，欧洲人称其为“马可·波罗桥”。自明永乐十年（一四一二年）至清光绪三十四年（一九〇八年）五百年间修葺十三次均无明显改变。一次特殊情况：光绪驾崩葬于河北省易县西陵，棺椁须经此桥，而桥面窄不能通过，临时拆除两旁石栏并在两侧搭建木桥，事后又将石栏复原。

一九四九年后，卢沟桥面加铺柏油，修缮碑亭和石栏；一九六七年加宽步道、建了混凝土挑梁，随后在距旧桥约一公里处建了新桥，减少了旧桥的交通流量；一九八五年京石公路建成，旧桥彻底退出交通运输任务，成为步行桥。次年成立“卢沟桥历史文物修复委员会”统筹古桥的全面修缮，恢复了古桥原貌。

令人感兴趣的是石栏柱上雕刻的狮子，大狮子身体各处还有小狮子。现代建筑学家罗哲文《名闻中外的卢沟桥》载：“有的昂首挺胸，仰望云天；有的双目凝神，注视桥面；有的侧身转首，两两相对，好像在交谈；有的在抚育狮儿，好像在轻轻呼唤。一只石狮高竖起一只耳朵，似在倾听桥下潺潺的流水和过往行人的说话……”

宛平城东门及门楼

不少人试图搞清狮子的数目，但数来数去弄得头晕眼花。据说乾隆皇帝亲自数过，往返数了两遍结果不一，数第三遍结果与前两遍又有不同。笔者年轻时也曾兴致勃勃去数，几次计数均半途而废，至今没有第一手资料。桥梁专家孔庆普在《北京古代桥梁》中记载：“一九五〇年维修卢沟桥期间，组成三组，每组三人清点狮子，先北侧后南侧，由东向西，各组边清点边核对，共四百八十八只……一九六七年维修时是四百九十一只。”有人说大小共有四百八十五只，有人说四百八十八、四百九十八、五百〇一、六百二十七等，其说不一。虽说每次修缮会有增减，但不至于多达过百的误差。数字到底是多少？正如北京流行的歇后语："卢沟桥的狮子——数不清。"明代刘侗《帝京景物略》中对石狮子就有"态色相得，数之辄不尽"的说法。

石碑和碑亭大大增加了卢沟桥的历史色彩和盛誉，为卢沟桥的重要景观。西端有康熙八年（一六六九年）卢沟桥碑文、康熙视察永定河、记载康熙二十七年（一六八八年）遭洪水后重修卢沟桥以及乾隆五十一年（一七八六年）重葺卢沟桥记的石碑和碑亭。东端有被誉为燕京八景之一的乾隆御笔、金章宗所题"卢沟晓月"碑亭。

明崇祯十一年（一六三八年）为防御李自成起义军进京，在卢沟桥东岸边兴建"拱北城"，历时二年落成，隶属北平府的一座总面积仅 0.2 平方公里的卫城。小城东西长六百四十米，南北宽三百二十米，不足现在天安门广场的一半大，只有东顺治门和西永昌门（清改威严门）两座城门，但具有坚固的瓮城，城墙的角台、角楼、垛口、望孔、射眼及掩体等俱全。

县城内唯一的一条街

拱北城实为一座桥头堡，城内只有一条连接东西二门的石板路，因仅用于屯兵，两旁只有兵营没有其他街巷、市场和民居。清代，城西和永定河两岸的商户逐渐迁到城内，相继兴建驿站、饭庄、茶楼和戏院等，改变了单一屯兵的格局，更名"拱极城"。

城西门内

唐建中二年（七八一年）所置的“幽都县”延续二百多年，至辽开泰元年（一〇一二年）改为“宛平县”，公署设在现北京城内地安门西部，县辖北京城西南大部区域。历经九百年更迭，民初隶属“京兆地方”。民国十七年（一九二八年）废京兆地方设置北平市，宛平县公署驻地迁址拱极城，设县衙改称“宛平城”，县辖区归属河北省。宛平城与城西的卢沟桥紧密相接，为京南进出内蒙古、南下中原的要塞，南来北往者所必经。

戏楼

县衙门

卢沟桥和宛平城是标志日本全面侵华的七七事变发生地。一九三七年七月七日，盘踞在河西岸的日军进行军事演习，以搜查失踪战士为名企图进入宛平城；日军代表与宛平县长王冷斋在县属谈判破裂后，对宛平城和卢沟桥发动炮击，毁坏桥栏柱石狮子多个、城墙多处受损、县署几乎被夷为平地。以宋哲元和佟麟阁为正副军长驻守宛平的国民第二十九军奋力抵抗，在桥上发生激战。宋哲元以“宁为战死鬼，不做亡国奴！”的军训拉开了中华民族全面抗战的序幕。

一九五二年撤销宛平县，辖区分别并入北京市丰台等区县，从此宛平县九百四十年的历史宣告结束，仅留下一座宛平城，被列为国家重点文物保护单位；现城内除了新建“抗日战争纪念馆”和屹立“醒狮”铜雕的广场外，已恢复清代宛平城原貌。城外南侧建有中国人民抗日战争纪念碑、青铜雕塑群、将军石鼓园等，以警示人们莫忘蒙受帝国列强侵略的国耻。

宛平城和卢沟桥在历史上具有举足轻重的地位，县长王冷斋诗曰：“雄峙平西拱极城，中原逐鹿几兵争。而今三路纵横过，南北咽喉一宛平。”

《世界日报》（上下古今版）2013 年 10 月 3、4 日连载

今昔永定门

明洪武元年（一三六八年），太祖朱元璋派徐达攻占了元大都，改名“北平府”。永乐元年（一四〇三年）朱棣改北平府为北京，永乐十九年（一四二一年）定为都城时北京城呈正方形，四面有九个城门。除了不计故宫的宫城门，还有宫城四周的四个皇城门，即北京的“四九城”。城中轴线南起正阳门（前门），向北贯穿皇宫至钟楼。

复建的永定门城楼屹立在中轴线南起点

从永定门向北望去，正阳门城楼尽收眼底

城门洞上“永定门”仿照明初建时镌刻而成

顶层飞檐下“永定门”匾是初建时的字迹

明代日趋衰落时，为安全考虑始建外城。嘉靖三十二年（一五五三年）永定门城楼落成，十一年后增建瓮城。清灭明后工程继续，直至乾隆十五年（一七五〇年）才建成箭楼，因资金不足只建了南外城工程就跨明清两代历时近二百年。自此，中轴线南起点从正阳门延伸到永定门。

外城的建成使原正方形的北京城成为凸字形，增加了七个城门，原“四九城”扩展为“内九外七皇城四”二十个城门。矗立于南城墙正中的永定门为外城七门之首，向北依次为天桥、正阳门箭楼、正阳门、天安门、故宫、景山、地安门、万宁桥、鼓楼、钟楼终点。

一九〇〇年因京津铁路终点北移至天坛而拆除了永定门西侧部分城墙，一九〇一年修建前门火车站又在城门东侧开了豁口。一九五〇年北京开始拆除城门城墙，永定门瓮城于一九五一年拆除，城楼和箭楼于一九五七年拆除，“内九外七皇城四”除天安门、正阳门（及其箭楼和德胜门箭楼），其余十八个城门荡然无存。

从永定门城楼西南角拍摄

二〇〇一年北京成功申办奥运会，涉及场馆选址及其定位问题，同时为恢复和保护北京城的完整性，在多位历史文化保护委员的强烈呼吁下，二〇〇四年仅半年时间，具有特殊地位的永定门城楼在原址拔地而起。现在南北中轴线已延长至奥林匹克公园中心广场及其北面的奥林匹克森林园，长达十三公里。著名的鸟巢和水立方建于中心广场的东西两侧。

从永定门外广场拍摄永定门

拆除永定门的城砖修建了一个仓库的围墙，现在重新砌在永定门城楼上。据载，一六四四年清政府定都北京后把所有城门上汉字书写的明代匾额全部改用满汉两种文字。民国初期内务部总长朱启钤请杭州名士邵章先生为各城门重写了汉字名称并制成石匾，但在城门拆除后匾额大多失落。有幸的是永定门在明代落成时的宽二米、高〇点七八米、厚〇点二八米的永定门石匾原件于二〇〇三年在先农坛发现，复建的永定门城门洞上的“永定门”三字为仿照原件雕刻而成，城楼顶层飞檐下悬挂的“永定门”匾也按旧迹复原。

广场两侧的方柱镌刻：天衢丽地 槐市陆海 人杰物华 邦国永定

当代建筑大师梁思成对拆除城门一事十分痛心，曾对主张拆城的人大声说："不出五十年，历史将证明你们是错的！"永定门城楼的重建印证了梁先生的远见卓识。目前《北京市历史文化名城保护建设规划》已经出台，永定门瓮城和箭楼也在复建计划之列，并积极为北京市中轴线非物质文化遗产保护申请作准备。

《世界日报》（上下古今版）2013 年 10 月 15 日刊载

世界小城之最——北京团城

北海公园是北京著名的名胜景区之一，位于其南门西侧的小小的城廓——团城却很少引起游客的注目。

沿团城西行是北海大桥

团城与北海公园南门相衔接

北海和中南海是金代御苑的一部分，后成为元代皇宫的太液池，团城原是太液池中一个名为“瀛洲”的小岛，元世祖至元元年（一二六四年）在岛中心建了坐北朝南半圆形的仪天殿，明永乐十五年（一四一七年）重修后更名承光殿，同时拆除了殿前东侧的木桥，与南部的水面一并填平与陆地相连，并在周围筑墙砌成城垛，成为一座面积四千五百平方米、周长二百七十六米、高出地面四点六米的世界上最小的城廓。明弘治二年（一四八九年），承光殿西侧的木桥改为石桥，在桥东西两端各建木牌坊，西牌坊上写“金鳌”二字，东牌坊写“玉蝀”二字，所以称“金鳌玉蝀”桥。康熙八年（一六六九年）承光殿因地震毁损，康熙二十九年（一六九〇年）重建。乾隆十一年（一七四六年）在承光殿南面增建了玉瓮亭、北面增建了敬跻堂，形成了南北中轴线。东侧有昭景门、东庑殿和古籁堂，西侧有衍祥门、西庑殿和余清斋，假山上建有朵云亭、镜澜亭；数十株苍松翠柏分布在建筑群之间。玉瓮亭内的石台上，坐落着元世祖至元二年（一二六五年）制造的三吨半重的玉瓮——渎山大玉海；承光殿内供奉的光绪二十四年（一八九八年）由明宽大和尚等人以奉旨请佛的名义从缅甸募化来献给慈禧的一点五米高的释迦牟尼玉佛，与玉瓮称为团城的二绝。光绪二十五年（一八九九年），团城未能幸免八国联军入侵北京的破坏，大多奇珍异宝被洗劫，玉佛左臂还被砍了一刀，留下了耻辱的刀痕。民国二年（一九一三年）年初，由统一、共和、民主三党合并而成的进步党选举获胜，由熊希龄组成“人才内阁”，梁启超九月出任司法部长，办公室就设在团城。十一月二十六日大总统袁世凯下令召开的“政治会议”在团城举行。

团城北墙进城的台阶

昭景门（东门）及其城楼

被封堵的衍祥门（西门）的城楼

承光殿坐落在团城中心

玉瓮亭石台上的玉瓮

团城东墙的昭景门为登城入口，西墙的衍祥门为出口，两门上建有门楼。据风水先生说，因西侧的金鳌玉蝀桥呈弯弓样，团城像个弹丸瞄准皇宫，犹如箭在弦上蓄势待发很不吉利，故此早在明末西门就被封堵。

近二百米长的金鳌玉蝀桥与团城相邻，桥面宽不足九点五米，影响日渐增多的行人和车辆顺畅通行，一九五四年决定拓宽。初定方案把团城和金鳌玉蝀桥全部拆除，以建筑大师梁思成为代表保护老城古迹的呼吁声强烈，周恩来视察了情况后，决定把金鳌玉蝀桥拆除南移占据中海的一部分，一九五六年改建为长二百二十米、总宽三十四米的北海大桥，团城幸运地保留下来成为现今的重点保护文物。现今团城只有一个门楣上方悬挂“团城”匾额的东门，就是原团城的入口昭景门。如今昭景门处于关闭状态，游人需登上后来增建的城北墙（北海公园内）的台阶进城。为方便行动不便的游客进城，二〇〇二年在台阶附近安装了加拿大制造的残疾人轮椅升降台。

小小的团城积淀了厚重的中华文化，饱尝了近千年的风风雨雨和历史沧桑。

《世界日报》（上下古今版）2013 年 11 月 17 日刊载

国子监和国子监街

“国子监”始设于西晋咸宁二年（二七六年），时称“国子学”，为掌管国学政令的机关和最高学府。北齐时名为“国子寺”，隋炀帝时改称“国子监”。元代除了设“国子监”，还另设“蒙古国子监”和“回回国子监”。

国子监两侧牌楼额题国子监

东西路口牌楼额题成贤街

国子监大门挂牌“孔庙和国子监博物馆”

孔庙大成殿

始建于元至元二十四年（一二八七年）的北京国子监，于元大德十年（一三〇六年）竣工，据“左庙右学”的规制，历经四年建设的北京孔庙同年在国子监左（东）侧落成，两大建筑群连为一体，自然形成了街道；明代称该街“国子监孔庙”。永乐二年（一四〇四年）将国子监恢复旧称“国子学”，并于一四一一年在原基础上重修。清乾隆二年（一七三七年）国子学改建成黄色的琉璃瓦建筑，乾隆赞曰：“京师为首善之区，国子监为首善之地。”称该街为“成贤街”。民国以后改称国子监胡同，一九六五年起称国子监街，

“文革”时期曾以“红日北路九条”为名。

国子监街长六百八十米、宽十二米，西口为安定门内大街，东口隔路与著名的雍和宫相望，是现今唯一仍保存牌楼的胡同。其四座牌楼重建于民国二十四年（一九三五年），国子监东西两侧三十米处的牌楼额题是国子监，而位于东西街口的牌楼额题为成贤街。国子监设有礼、乐、律、射、御、书、数等多学科，是掌管元明清三代教育的机构和培养栋梁之才的高等学府。一九六一年公布为全国重点保护文物单位，主要建筑有辟雍（璧雍）、集学门、大学门、琉璃坊、彝伦堂和敬一亭等。辟雍是皇帝讲学的殿堂，由乾隆下令、和珅设计而建。院内有一棵著名的柏树，之所以著名，不仅因其为第一任校长许衡曾亲手所栽，还有后来意外发生的两件事，一是严嵩的乌纱帽曾被该树的树枝刷掉，不久被革职；二是魏忠贤的头曾被该树掉落的树枝砸中，后在其被流放的途中自杀。两个奸臣的结局都与这棵柏树相关，后人就将其称为“触奸柏”。

街边的火神庙

街边的算命打卦的店铺

孔庙于一九八八年定为全国重点保护文物单位，主要建筑有先师门、大成门、大成殿等。院内最为抢眼的是一百九八座进士名碑的碑林，刻有元明清三代进士五万多人的姓名，引得进士后人来此寻根问祖。孔庙两侧三十米处立有“官员人等至此下马”的石碑，以示对孔子的敬重。东侧碑正面用汉、满、蒙文刻成（背面为空）；西侧碑正面用藏、回、托忒文刻成（背面刻有汉、满、蒙文）。除了国子监和孔庙，街内还有明代建筑“火神庙”、“灶君庙”

和祭祀韩愈（曾任国子监祭酒等职）的“韩文公祠”。虽然这些建筑现已成为民居或被其他单位占用，但多少均留有明显的陈迹。街面上还有复建的砖砌一字形影壁，东口处有李松堂先生收藏北京门墩儿、石雕、木雕和古建装饰等的私人博物馆。

一九九九年国子监街被定为市级文物保护街区，二〇〇八年国子监和孔庙修复为原貌，同年“孔庙和国子监博物馆”挂牌开放，现为4A级旅游景区。二〇〇九年该街入选中国历史文化名街，时隔不久出现了另一种景象，有的店铺成了起名、看相、占卜算命、看风水等的场所。

孔府大门东西两侧都有下马碑

老树成荫的国子监街，长时间隐蔽在喧嚣繁华的市区内，通常没有多少人专程到此游览，对此，平凡地生活在这静谧环境里的老北京人已经习以为常。

随着旅游业的兴起和国子监与孔庙的重新开启，国内外慕名而来的游客显著增多，给古老的胡同带来新的生机。而初走进胡同和孔庙国子监的人，置身浓郁的中国古典文化气息的包围中，则会产生一种别有洞天之感。二〇一三年十二月四日，美国副总统拜登抵北京访问，六日在驻华大使骆家辉先生的陪同下，与孙女到国子监街逛书店，还到一家茶社品茶，此举为古老的国子监街画出一道绚丽的彩虹，格外耀眼。

《世界日报》（上下古今版）2014 年 3 月 10 日刊载

文溯阁本《四库全书》

早在西晋时期，政治家、音律学家荀勖就创立了文化典籍的“经”、“史”、“子”、“集”四部分类法，分四库贮藏图书，即“四库书”。隋唐以后的历代皇家和地方图书馆均遵循此法藏书。乾隆三十七年（一七七二年），安徽学政朱筠提出辑录《永乐大典》问题，乾隆表示赞同。第二年，乾隆诏令搜集皇家及各地方的文字资料按照“四库书”分类法编纂《四库全书》。总编纂官由才子纪晓岚担任，下设纂修处、缮书处和监造处等机构，组织三百六十名一流学者编纂、遴选四千多人抄写。经过征集、整理、抄写底本和校订等程序，历经十年完成了包括经（易类、书类、诗类、礼类、春秋类、孝经类、五经总义类、四书类、乐类、小学类）、史（正史类、编年类、记事本末类、别史类、杂史类、诏令奏议类、传记类、史钞类、载记类、时令类、地理类、职官类、政书类、目录类、史评类）、子（儒家类、兵家类、法家类、农家类、医家类、天文演算法类、术数类、艺术类、谱录类、杂家类、类书类、小说家类、释家类、道家类）、集（楚辞类、别集类、总集类、诗文评类、词曲类）等四部超级文化大典《四库全书》。全书收录三千五百多种书目，七万九千三百余卷，二百三十万页、近十亿字，先后共抄录装潢七部，每部装订三万六千三百册、六千七百五十二函，均钤有玉玺。全书几乎总汇了清代及其以前传世的所有经典文献，规模宏大前所未有，为有史以来工程最浩大的一部巨著。

为了存放这七部《四库全书》，乾隆特地建造了七处藏书阁，分别是被称为“北四阁”的北京故宫“文渊阁”、沈阳故宫“文溯阁”、北京圆明园“文源阁”、河北承德避暑山庄“文津阁”和被称为“南三阁”的江苏镇江金山寺“文宗阁”、扬州天宁寺“文汇阁”、杭州西湖圣因寺“文澜阁”。第一、二、三、四部依次分藏于北四阁，因仅供皇室阅览故又称“内廷四阁”；第五、

六、七部依次分藏于“南三阁”向士人开放；因地处江、浙两地，故又称“浙江三阁”。

文溯阁远景

文溯阁藏书馆

七部《四库全书》与时代变迁一样饱经历史沧桑。第一次鸦片战争中，文宗阁和文汇阁化为灰烬；太平天国时期，文澜阁大部分散失。咸丰十年（一八六〇年），文源阁被英法联军焚毁。现今保存完好的只有藏于台北故宫的文渊阁本、藏于兰州九州台的文溯阁本和藏于国家图书馆的文津阁本三部；而藏于杭州图书馆的文澜阁本因大部分散失被称为部半；即原有的七部《四库全书》现仅存三部半。由于错综复杂的原因，《四库全书》的珍藏地问题一直存争议，其中第二部的收藏一事就发生了一系列鲜为人知的故事。

藏书馆楼入口

藏书

乾隆四十七年（一七八二年），第二部《四库全书》抄写完毕，送到奉天（沈阳）故宫文溯阁珍藏，咸丰十年（一八六〇年）八国联军侵华期间部分流失；民国三年（一九一四年）袁世凯登基，文溯阁本运到北京故宫保和殿；民国十四年（一九二五年），奉天拟办图书馆，文溯阁本重返奉天；民国二十年（一九三一年）九一八事变东北沦陷，文溯阁本被日本掠获封存；民国三十四年（一九四五年）日本投降，文溯阁本重见天日；一九五〇年朝鲜战争爆发，运到黑龙江讷河县一所小学，一九五二年讷河县水灾，又转运到黑龙江北安，停战后再运回沈阳故宫文溯阁新藏书库；一九六六年，由于中苏关系紧张，沈阳故宫的三千四百七十四种、三万六千三百一十五册的文溯阁本《四库全书》等资料，用专列秘密运至兰州永登县的连城鲁土司衙门大经堂贮藏。因永登的交通、气候、环境等条件于藏书不利，又于一九七一年在兰州远郊渝中县甘草店一个只有二十几户人家的小山村木林沟建了二千四百多平方米的战备书库，还筑了几十米深的防空洞，由部队出动二十七辆军车秘密运送。

二〇〇一年，辽宁省提出文溯阁本《四库全书》应返还沈阳书阁归一，沈阳《四库全书》地库竣工后，政协辽宁省委员全体请求国务院协调回归沈阳保存事宜。与此同时，甘肃省发布了“进一步加强文溯阁《四库全书》保护工作的决定”，成立了《四库全书》研究会，进而出版了影印本。二〇〇五年出版了《四库全书研究文集》，仿造沈阳故宫的总建筑面积五千余平方米的文溯阁《四库全书》新藏馆也在兰州北山九州台落成。新藏馆除了展厅和影印本存放室，还专门设计了珍藏真本的地库，秘藏文溯阁本《四库全书》三十多年的甘草店的小山村木林沟完成了其历史使命，成为历史文化遗址。沈阳原始的文溯阁书去阁空，兰州仿造的文溯阁真本入库，文溯阁《四库全书》收藏归属之争的结果尘埃落地。至此，尚存的三部半《四库全书》全部移出原藏书阁至异地珍藏。

有人说，在《四库全书》编纂中销毁和篡改了大量文献，“清人纂修《四库全书》而古书亡矣”；有人认为《四库全书》与万里长城一样为中华民族的珍贵遗产而冠以“传国之宝”。任何事物都不能百分之百完美无瑕，有褒有贬无可厚非，但仅从文溯阁《四库全书》的故事中就可以看出，历代各级政府对《四库全书》是何等重视，也可以看出《四库全书》与民族、与国家的命运紧密相联。

《世界日报》（上下古今版）2014 年 4 月 3 日刊载

附记：沈阳故宫始建于清天命九年（一六二四年），崇德元年（一六三六年）竣工。沈阳历史沿革中曾有多个称谓，故宫建成后多次在盛京、奉天和沈阳之间易名，民国三十四年（一九四五年）袭称沈阳至今。

甘肃与贡院

我国的科举制度酝酿于隋、确立于唐、盛行于明清，持续一千多年。科举制度中，仕途从“童生”开始，经过县级的“岁试”选拔“秀才”、州级的“乡试”选拔“举人”、省级的“会试”选拔“贡士”、由皇上在宫廷亲自主持的国家级的“殿试”选拔“进士”等一系列定期举行的选拔考试，在漫长的过程中，考生要付出辛勤的汗水乃至生命；正如一副对联上联所说：“上钩为老，下钩为考，老考童生，童生考到老。”

贡院至公堂

为行科举考试，唐玄宗开元二十四年（七三六年）开始在各府州县设立用于岁试的试舍，在京师及各省城设立用于乡试和会试的“贡院”。贡院建筑主要有明远楼、至公堂等，四周设两层围墙，墙顶用荆棘围圈，院内设考棚。考棚左右和后面是围墙，呈格子状，仅能容下一人。贡院管理极其严格，考生进门时需经搜身，发现舞弊行为则送刑部严办；进入考棚后，贡院大门紧锁，故称“锁院贡试”或“锁棘贡试”。试题发下来以后，明远楼上响起鼓声，用点香计时开始答卷。每个考棚有一盆炭火、一支蜡烛。考生的食用品自带或现场简单加工，连续三天不能离开。有专家在北京某电视节目中说，对需要如厕而离开考棚者，监考官就在其试卷上加盖黑色印章，评卷官对有印章的考卷不予评阅直接纳入淘汰之列（长达三天不能如厕，令人难以置信）。

“至公”是科举制度的基本理念，采用密封试卷、糊名、誊录等方法杜绝考官的人情因素和不轨行为。主考官由皇上钦定的进士担任，各省行政长官任监考官，监考官和评卷官互不相见。科考被视为选拔人才最公平的制度，日本、朝鲜、越南等国均予效仿。

贡院旧址石碑

由于种种原因，不少区域很长时间内没设立贡院。康熙五年（一六六六年），甘肃从陕西分出独立建省，兰州行都司署（军事机构）改建为兰州府贡院（现武都路贡院巷），但仅能举行武科考试和岁考，而包括宁、青、新疆在内的甘肃区参加乡试和会试的士子们还须到陕西贡院，到达考场要长途跋涉三四个月乃至更长时间，意外病倒乃至丧命途中者也非罕见。尽管如此，仍不乏为实现抱负和理想远赴考场参试者。

贡院亦名举院

同治六年（一八六七年），左宗棠出任陕甘总督入驻兰州，了解到不少因家境贫寒的士子放弃乡试而感惋惜，于是将陕甘两地分设学政、分别乡试的议题上奏朝廷，光绪元年（一八七五年）获准。左宗棠命兰州进士吴可读募集白银五十一万两，亲自主持在兰州城西北海家滩（今兰州大学第二医院所在地萃英门）建成了规范的甘肃贡院（别称“举院”），经扩建成为长一百四十丈，宽九十丈的一座规模宏大的建筑群；除大门外，中轴线上有龙门、明远楼、至公堂、观成堂等。明远楼和至公堂之间有南、北文场，共设四千个考棚，其规模之大在各省贡院中屈指可数。左宗棠不仅奏请委派考官，自己还亲临贡院督考，在新建的贡院参加第一次乡试者达三千人。自光绪元年始三十年内，甘肃选取举人和考中进士者比前二百多年的人数总和还多。

光绪二十四年（一八九八年）六月十一日发布改革纲领《明定国是诏》后，根据康有为等人的建议，在百日内颁布数十道推行新政的诏令（戊戌变法）。光绪三十一年（一九〇五年）下诏，一律停止各级科考，维系了一千多年的科举制度至此成为历史。随着科举制度的废除，甘肃贡院结束了原有的历史使命，其庞大的院落及其建筑群成为建立各类文化学堂、书报局、农工商组织机构等新政的场所。民国二年（一九一三年）甘肃法政专门学校迁入贡院，后发展成为甘宁青最早的一所高等学府——甘肃学院，民国三十五（一九四六年）改为兰州大学。一九五四年，将民国二十一年（一九三二年）筹建的医学专修科晋级为兰州医学院，原为实习医院的中山医院改为附属医院。一九五九年，兰州医学院在萃英门建立了附属第二医院，现为兰州大学第二医院。

综上可见，甘肃贡院是甘肃近代文化、教育、工农业和医学等的发祥地。遗憾的是，目前贡院遗址只有至公堂和观成堂两处建筑幸存。二〇一三年六月，借参加甘肃省医事活动之余暇，在朋友的引领下，笔者怀着渴慕的心情亲临至公堂，目睹悬挂在门楣上左宗棠亲题的至公堂匾额之后，移目释读两侧明柱上左宗棠的楹联："共赏万余卷奇文，远撷紫芝，近搴朱草；重寻五十年旧事，一攀丹桂，三趁黄槐。"不禁使人感觉犹似置身于古老的贡院大门内，听到明远楼传来开考的鼓声，细品其厚重的文化底蕴，一种新异之感悄然浸透肺腑，那种神奇的氛围至今不能释怀。据悉，为进一步开发贡院的文化内涵，让现代人从中解读历史和身受训导，兰州市政府将对其进行必要的修缮和复建。

《世界日报》（上下古今版）2014 年 5 月 15 日刊载

颐和园石舫

“舫”就是“船”或称“舟”，船除了供人在特定的水面上游玩，更是水上的运输工具。“石舫”就是石船或石舟，造石船有什么用?

自汉代起，我国园林的水面开始设游船，且多在水滨建有石舫，以供人们在内娱乐、宴饮、观景，增加园林的情趣和色彩，并逐渐发展为园林中的艺术建筑。在众多的石舫上常有“不系舟”的题词，因为它不会像木船那样顺水漂流，无需系缆绳，也称“旱船”。唐代起出现不少对石舫的抒情诗流行于世，如韦应物《滁州西涧》：“独怜幽草涧边生，上有黄鹂深树鸣。春潮带雨晚来急，野渡无人舟自横。”白居易《适意》：“岂无平生志，拘牵不自由。一朝归渭上，泛如不系舟。” 南宋张孝祥《浣溪沙》：“已是人间不系舟，此心元自不惊鸥，卧看骇浪与天浮。”等等。

不能登上石舫 饱一下眼福而已

康熙和乾隆数次南巡，把南方水乡的园林和石舫设计艺术带到北方，从而石舫建造进入繁盛期。虽然石舫并非园林所必有，但却有不少著名的石舫相继落成。最著名的如上海嘉定的古漪园石舫，建于明万历年间（一五七三至一六一九年）；承德避暑山庄的云帆月舫，始建于康熙四十二年（一七〇三年）；圆明园石舫，康熙四十六年（一七〇七年）始建圆明园时早期建成；南京的熙园石舫，建于乾隆十一年（一七四六年）；燕园（北京大学未名湖）石舫，建于乾隆十六年（一七五一年）扩建圆明园时；山东泗水泉林石舫，建于乾隆二十二年（一七五七年）；济南十笏园的稳如船厅，建于光绪十五年（一八八九年）；苏州狮子林石舫，始建于民国七年（一九一八年）；太原晋祠难老泉石舫，建于民国十九年（一九三〇年）；西安华清池石舫建于一九五六年等等不枚盛举。有人依据石舫建造的不同特点将其分为写实型、想象型和象征型等不一而论。

东面观犹如蓄势待发

西面观停泊在岸边

由于各种原因，不少石舫现仅存遗址不见原貌，而于乾隆二十年（一七五五年）在明代圆静寺放生台的基础上改建成的我国最大的颐和园石舫保存完好。石舫位于万寿山西麓、昆明湖西北部岸边，船体用一块三十六米长的巨石雕成，两层古建筑形式的船楼坐落在船体上，装饰精巧华丽。唐代魏征有“水能载舟，亦能覆舟”的经典说，乾隆以建造石舫自信大清政权“江山固稳、永不能覆”给予回应。没承想，坚不可摧的石舫在英法联军入侵北京的洗劫中也未能幸免，船体上建的两层船楼被焚毁。

遭受英法联军劫难后，清政府痛定思痛，咸丰十年（一八六〇年）政府内掀起了洋务运动。在严峻的形势下，光绪十一年（一八八五年）成立了海军衙门开始筹办新式海军，光绪十四年（一八八八年）北洋水师（北洋舰队、北洋海军）在山东威海刘公岛正式成立，至光绪二十一年（一八九五年）中日甲午战争中全军覆没，军费每年由关税和厘金（税）共同拨款。

人们一向认为，慈禧太后修建颐和园曾大量挪用北洋水师经费，还认为颐和园石舫是挪用北洋水师经费建成的，有些影视作品里也有这种说法。其实，光绪十二年被焚毁的颐和园开始修复，北洋水师成立之前工程就已大部完工；虽然按慈禧太后旨意把石舫船楼改建为西式风格，取名“清晏舫”的工程于光绪二十年（一八九四年）完成，但中国近代海军史专家姜鸣在《海军经费初探》中写到：“光绪五年至二十年（一八七九年至一八九四年）间，北洋海防协饷收入基本稳定。”江苏师范大学陈先松等在《北洋收存海防经费的挪用问题》中提到：“李鸿章海防意识较高，挪用海防经费相对节制，总体来看，北洋海防经费使用效率相对较高……”如此看来，如果说在重修一百三十多年前建成的石舫工程上挪用了其他款项，有可能是海军衙门的管理费，而无充分的证据得出“挪用北洋水师经费建石舫”的结论。

石舫入口已经关闭

颐和园石舫近观富丽堂皇，气势恢宏，远看犹如停泊在岸边的一艘大船，欲试乘风破浪高歌起航。颐和园石舫目睹了清王朝的盛衰，承载着二百多年的历史故事。自民国十三年（一九二四年）以来，颐和园一直对外开放，石舫对亲临园内的游客有着极大的吸引力，不忍放弃登上石舫感受怡然的机会。

然而，出于保护文物的原因，石舫入口已于十年前关闭。对此，笔者特地咨询公园管理处，回复为“今后是否开放、何时开放均是未知数”。由此看来，游客只有以其为背景拍照来弥补不能亲登石舫的缺憾了。

《世界日报》（上下古今版）2014 年 6 月 14 日刊载

北京菜市口

北京、南京、重庆、成都等不少城市都有地名“菜市口”，唯有北京菜市口故事最多。

辽代京城有八个城门，东面自南向北是“安东”、“迎春”二门，菜市口位于安东门外的郊野；金代城廓扩大，早期有十二个门，东面自南向北有“施仁”、“宣耀”、“阳春”三门，菜市口地处施仁门内的丁字街；元在金中都基础上向东侧扩大，菜市口一带成了大都城（现今内城）城外西南的地域；明代开始成为京城有名的蔬菜市场，时称菜市街。清代把已经很繁华的菜市街更名菜市口，并将其当作处决犯人的刑场，直至民国时期。“推出午门斩首”就是拉到菜市口砍头，所以菜市口曾是“刑场”和“砍头”的代名词；同治皇帝的顾命大臣爱新觉罗肃顺和戊戌六君子谭嗣同、林旭、刘光第、杨锐、杨深秀、康广仁等人均在此地成了刀下鬼。

铁门胡同的住户等待拆迁

残存的铁门胡同已破旧不堪

北京的城门各有各的主要功能，正阳门东侧的崇文门进酒车，俗称“酒门”，而西侧的宣武门出囚车，故称“刑门”和“死门”。每年秋天，都察院、刑部和九卿等共同对犯人会审，对判秋后问斩者，一律在冬至前处斩（秋决）。处斩前夜狱吏通知犯人，并送来“辞阳饭”。行刑日天亮前，囚车拉着死囚出宣武门直奔刑场。行刑的仪仗有破锣开道（以示与官员仕绅出行时“鸣锣开道”有区别），衙役在犯人两侧，监斩官压阵。路过宣武门外一家“破碗居”时，犯人有权要求停车喝酒。这家酒馆把烈性白酒与黄酒混合增加酒力，喝了酒多呈醉酒状。

明永乐三年（一四〇五年），医学家丁鹤年创建的药店“鹤年堂”在菜市口开业，嘉靖二十四年（一五四五年）严嵩做宰相时为其重写了匾额。刑场的位置就在鹤年堂药店对面的铁门胡同南口马路上，每次行刑前一天，鹤年堂门前搭席棚，店门口设置监斩官的座位，座位前是摆着朱墨、锡砚和笔架的长桌，笔架上放着与犯人数字一致的新笔。犯人送到刑场后由东往西排列，行刑者执“鬼头刀”砍下人头一一提到监斩官面前，监斩官拿笔在头上点一下，然后挂在街心木桩上示众。尸体运走后，用黄土覆盖血迹，次日清晨菜市恢复交易，熙熙攘攘如常。正如清许承尧诗《过菜市口》中所言：“薄暮过西市，踽踽涕泪归，市人竟言笑，谁知我心悲？此地复何地？头颅古累累。碧血沁入土，腥气生伊蹶……”

鹤年堂药店已发展成为中医医院和中药研究院

那时，鹤年堂药店制作一种麻醉药“鹤顶血”，吃了全身麻木痛觉消失，所以在刑前家属给犯人买鹤顶血服下，故此有歇后语：“到鹤年堂讨刀伤药——死到临头。”当年药店掌柜王圣一对六君子十分敬重，行刑前从坛中取出“鹤顶血”分发给六君子，六君子肃然而立无一人接受。民国十五年（一九二六年），康有为在亲人和弟子陪同下寻访六君子被害的故地，走到鹤年堂门前，康有为哭道：“找到鹤年堂，就找到了六君子的遇难地！”

传说每次行刑后夜里总有敲门买刀伤药的，人称“鬼打门”。一天，一个盗贼在刑场砍了头，当夜一家知名裁缝铺掌柜在睡眠中被走动声惊醒；他想，反正屋里没有值钱的东西，贼来了也没的可偷，于是没做声响，过一会儿入室贼就走了。天亮了，掌柜发现每天用的针线笸箩不见了，这时听到门外有人喊，掌柜走出门跟众人一起到刑场一看，昨天被斩的人站在那里，脖子上有一道痕迹，裁缝铺的笸箩就在他身边。

辽安东门故址碑立在街心绿化带，行人很难发现，由此往东数十米就是菜市口

菜市口不仅是清代的刑场，明清两代不少名人与这一带有关，诸如严嵩、杨椒山的宅邸，林则徐、曾国藩、左宗棠、康有为、刘光第、谭嗣同、蔡元培、

陈独秀、鲁迅等人的故居、秋瑾任教的女学堂以及湖南、中山、绍兴等多个地方会馆。

如今，由于路面向南北拓宽，在一个残存的破旧胡同里，如果没有住户的门牌号，很难认定就是当年赫赫有名的铁门胡同。胡同南口对面的鹤年堂已向南移，现已发展成为“鹤年堂中医医院”和“鹤年堂中药研究院”，鹤年堂分店遍及京城各地；其他历史遗迹已被快速发展的现代化所吞没而难以寻觅。

《世界日报》（上下古今版）2014 年 7 月 14、15 日连载

崇祯帝与北京煤山

现在北京的北海、中海和南海，在辽金时期是一片沼泽低洼地，景山一带是荒野。金大定六年（一一六六年）开始，历时十九年把中都北部这片广阔地域建成了规模宏大的“太宁宫”，其中的洼地沼泽疏浚为“太液池”。在建筑过程中产生的大量泥土，堆砌成今日北海公园的琼岛，多余的泥土便堆放在东边不远的荒郊地带，从而形成了土丘，后在土丘四周二十三万平方米的地域建了围墙。元世组忽必烈修建大都城，将其辟为皇家“后苑”，并称土丘为“青山”。明永乐十八年（一四二〇年），紫禁城建设竣工，拆除旧皇城和掏挖紫禁城筒子河的大量残渣泥土继续堆积在青山，并在山下建了“寿皇殿”，将元代的皇家后苑进一步扩建完善。为预防元军残余势力围攻以及建设浩大而艰巨工程的需要，朝廷曾在青山存放大量的储备煤，故又称青山为“煤山”。

崇祯皇帝殉难处碑和老槐树

一宗特殊的历史事件发生在煤山，使煤山的名声鹊起。明熹宗天启七年（一六二七年），十八岁的朱由检在明政处于内忧外患、危机四伏时期继承皇位，第二年改元崇祯。新帝登基勤于政务，朝政有了明显改观，但无力扭转官员腐败和动荡的时局，为此崇祯感到自责下诏罪己。然而，在朝廷权斗和瘟病流行的交织中流寇四起，民不聊生，以致农民起义不断。其中以李自成为首的队伍异军突起，率领农民军连连战捷。崇祯十七年（一六四四年）三月十七日，李自成率四十万大军攻进北京，十八日派人进城劝降；崇祯怒叱来人，并命令拼死抵抗。在混乱中，崇祯派太监遣送太子慈烺等三兄弟出城避难，自己回到后宫逼迫周皇后在坤宁宫自缢，又分别剑杀嫔妃和公主，然后低头长叹："愿汝等生生世世，勿生帝王之家。"时至深夜的紧要关头，崇祯亲自敲钟召集文武百官议事，却无一人入朝。十九日凌晨，崇祯见大势已去，在悲愤和绝望中，由御笔太监王承恩陪伴逃出紫禁城神武门（北门）进入紫禁城后苑登上煤山，在东麓半山腰一棵老槐树上用腰带自缢，以极端的方式结束了他三十四岁的一生，并向世人宣告维系了二百七十多年的大明帝国就此退出历史舞台。随之，太监王承恩吊在另一棵树上身亡。

寿皇亭（不绝对确定）

前面是绮望楼 后面是中峰万春亭

几天以后，李自成的部下发现崇祯的尸体，见龙袍衣襟处留下用血书写的遗诏："朕凉德藐躬，上干天咎，致贼直逼京师，皆诸臣误朕。朕死无面目见祖宗，自去冠冕，以发覆面。任贼分裂，勿伤百姓一人。"自秦始皇称帝起至明末，有历史地位的皇帝近三百名，由于各种原因自杀者不乏其人，唯至死心里还装着百姓的崇祯帝死得义烈悲壮，其舍身殉国之举令人崇敬。李自成命人用柳木薄棺把崇祯和周皇后抬到昌平，葬于明皇陵田贵妃墓地——十三陵中最简陋的"思陵"。

崇祯自缢而死，李自成的农民政权"大顺"只顾享受而不知巩固政权，在清军的强势攻击下结束了短暂的生命。清军入关，大清政权从盛京（沈阳）迁都北京，世祖福临改元顺治，为招降明廷旧部，把崇祯上吊的槐树称为"罪槐"，并规定皇族成员路过煤山一律下马。

顺治十二年（一六五五年）改称煤山为景山；乾隆十四年（一七四九年）将奉祀康熙和雍正的寿皇殿移建至景山正北，接着又在山南侧（前面）增建了"绮望楼"，在中峰顶建了"万春亭"等。光绪二十六年（一九〇〇年）

园内遭八国联军破坏以致一度荒芜；民国十七年（一九二八年）辟为公园开放，一九三〇年故宫博物院在罪槐边敬立“明思宗殉国处”石碑，民国三十三年（一九四四年）三月十九日“思宗殉难三百年纪念筹备委员会”在殉难处为思宗殉难三百年立碑纪念。“文革”期间，将罪槐作为“四旧”折枝、剥皮致非自然死亡，一九九六年从园外移来一株百年古槐植在原处。

眺望煤山正北的寿皇殿

有人对崇祯殉难处提出质疑，据《明孝北略》记载，崇祯从紫禁城出来，偕同御笔太监王承恩进入后苑登上煤山的“寿皇亭”，在亭边一棵海棠树上自缢，王承恩也在其东面树上上吊身亡。寿皇亭是崇祯为观看臣子射箭所新建，而那棵海棠树是为一个爱妃所植并被封为“娇棠妃子”。如是说，崇祯选择在该处结束自己的生命是有道理的。还有人说，所谓崇祯上吊的那棵老槐树只是康熙伸手指定的，这显然是一种谬说，因为称老槐树为罪槐和皇族路过此地下马的戒律是其父辈所为。不论是半山腰的罪槐还是寿皇亭边的海棠树，崇祯在煤山自缢的故事确定无疑。

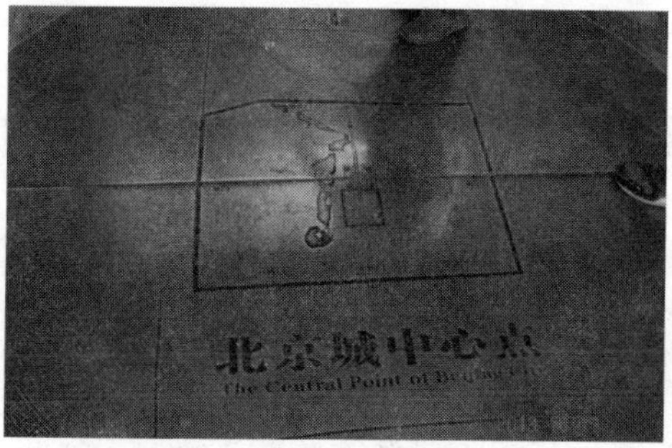

万春亭位于北京的中心点

在中心点眺望紫禁城

虽然煤山早在顺治年间就已改称景山，但直至一九六〇年代，末代皇帝溥仪在朋友的陪同下游景山公园时还对陪同者说：“这是煤山，是故宫堆放煤的地方。”历经近千年的营造，景山公园已为国家级AAAA景区，园内有绮望楼、寿皇殿及其建筑群，还有五座峰亭等多处景点，而且相对高度四十五点七米的景山中峰为北京市内最高点，站在峰顶可纵览市区全景，但崇祯自缢的地方和罪槐已成为著名的人文景观，从而更加引人注目。然而人们大多以为故事发生在景山却不知景山时称煤山。

《世界日报》（上下古今版）2014年8月22、23日连载

附记：为考证崇祯自缢在寿皇亭边海棠树的说法，笔者在工作人员和他人的指点下几经寻找，认定一座明显有别于其他亭台、结构简单而无标识的方亭。分析其结构和规模似与崇祯修建寿皇亭的初衷并不相符，故引起笔者的质疑。最后寻访“景山公园文化研究室”求证。该室工作者解释说，该处符合一些文字资料中所记述的寿皇亭原址，为了游客了解就在该处建了这座方亭。但至今尚未在正史中发现有关寿皇亭建筑的文字资料，无法确定该方亭与记述中的寿皇亭绝对相符，故不能贸然定名，以致未予标识。

李莲英墓

太监是我国特殊的群体，不仅其身体和工作特殊，还有一点特殊，因身体残缺过世后不能进入祖坟而被埋于荒野；包括深受慈禧宠信、在清宫度过五十二年、有权有钱有地位的大太监李莲英，也清楚自己死后葬无定处。因此，还没到晚年就派亲信为自己四处寻找合适的墓地，几经考察先选定了环境幽静的西山山麓某地。后来听了风水先生的话，又看中了雍正斥资开发的供太监专用的墓地济恩庄；可是看好墓地的位置已被另一太监小德张在前选定购置，由于小德张的势力和地位远不能与李莲英匹敌而不得不另选墓地。李莲英津津乐道的是，认为自己葬于有好风水的济恩庄就可以与其无限仰慕的明代“三宝太监”郑和（七下西洋航海家）齐名后世。

恩济庄太监墓地已成为繁华的街区

六一学校旧址现在是“二十一世纪国际学校”

李莲英因被慈禧破格封为宫内二品，选定济恩庄以后亲自叮嘱坟墓的建制不得超越二品，宝顶不用砖垒砌，但不惜任何代价雇佣数千民工到周围百里的农村大量收购鸡蛋，用蛋清和江米粥与石灰搅拌在一起作为修筑坟茔的材料，其结果比砖砌的还要坚固。正如墓碑底部刻的“马鬣封头鸡卵坟，黎民血泪染石灰。可叹莲公达显宦，焉与三宝共争辉？”

写有“海淀区文物保护单位”的李莲英墓碑立于一片草地上

高台阶上面是墓穴所在地，现墓穴已无踪迹，呈现一片荒凉

传说为防被盗掘，还在其他三处建了同样的坟茔，出殡的那天，四具棺木分别埋在东南西北四向，人们大多认为真坟在恩济庄太监墓群东隅。一九五八年北京市文物普查济恩庄太监墓群时，共有二千七百多座坟茔，在立有墓碑的三百多座坟茔中，最抢眼的是已于一九五〇年建立北京六一学校时被围在校园内的李莲英墓。其坟墓外有石墙围，进院门是石桥和牌坊，坊横眉上写“钦赐李大总管之墓”。墓碑上写：“退居之时年已衰老，公殒于宣统三年二月初四日。”一九六六年对坟墓进行发掘，但坟墓坚不可摧，对宝顶用钢钎铁锤无力开启。在一位老者的指引下从一处平地进行发掘地宫才得以打开。地宫内陪葬品价值连城，但棺木中只有头颅而无躯体，身首异处成为不解之谜，对其死因也有疾病、被暗杀等多种说法。

这次发掘正处于“文革”期间，对工作的严肃性欠缺；顽皮的学生把李莲英的颅骨当作足球踢来踢去，又被当作垃圾丢弃（后由六一学校领导捡回）。李莲英生前身体残缺不全，虽然倚仗主子可谓作威作福倍显风光，但终究是一生为奴，正如墓志铭所写：“事上以敬，事下以宽，如是有年，未尝稍懈。”

当年，李莲英之所以将坟墓建造得无比坚固并建有几座假墓，就是考虑有被盗的可能，恐怕没有想到会有这更加悲惨的结果。目前，墓地已经荒凉不见踪迹，只有一尊“海淀区文物保护单位”的小石碑立在一片草地中。

李莲英墓的这次发掘过程，后由中央电视台文化专题部和科学节目制作中心制作了视频《发掘李莲英墓》上下两集，由主持人和六一学校的两位领导做了详尽的述说。当今，恩济庄已成为高楼林里的居民社区，太监墓群已不复存在，虽然李莲英墓惨遭破坏，但遗址却保留下来。

《世界日报》（上下古今版）2014年9月9日刊载

附记：为寻访建于一九五〇年的公安部“六一”学校费尽了周折。一九六一年学校增设了初中部，一九八六年中小学分出校址仍在“济恩庄”的小学（更名“北京市海淀区六一小学”）和校址在海淀区“定慧西里”的“北京市六一中学”。一九九三年合资的北京市二十一世纪国际学校（创建时称“实验”学校）在六一小学校址济恩庄创建。李莲英墓现在二十一世纪国际学校校园内。

曲水流觞与流杯亭

“曲水流觞”就是把盛着酒的觞（木或陶制、体小而轻的酒杯）置于水渠中任其漂流，参与者饮酒作诗的雅集。

传说帝喾（黄帝曾孙）的次妃有娀氏（阿卡德王萨尔贡）之女简狄与姐妹们在河边沐浴，一只玄鸟飞过时掉下一个五色卵，简狄将其吞食后有孕生下契（商族的始祖“玄王”），这就是“天命玄鸟，降而生商”的故事。据此传说，民间形成了临水浮卵的习俗。每逢三月上巳日，将熟鸡蛋放在河里任其漂浮，岸边的人谁得到就属于谁。该习俗延续下来演变成曲水流觞。另有说法是，周代已有三月上巳日除灾降福的水滨祓禊的习俗，朝廷派专职女巫掌管祭祀仪式，汉代承接了这一传统，将其作为上巳节的重要组成部分。这一天，帝王后妃和官民都去水边洗濯，以除垢，祓除不祥，此后逐步演变为临水宴饮，如逸诗中所载的“羽觞随波泛”。魏晋以后将农历三月初三（迎接汉民族祖先灵魂的日子）确定为重要节日。

东晋永和九年（三五三年）三月初三，王羲之邀亲朋谢安、孙绰等四十二人会聚于浙江山阴（今绍兴）“兰亭”，举行修禊祭祀仪式后行曲水流觞活动，人们在兰亭边清溪两侧席地而坐，将盛着酒的觞放在溪中由上游沿弯弯曲曲的溪水缓缓漂流而下，觞在谁的面前打转或停下，谁就饮酒并即兴赋诗。活动结束后，有十一人成诗两首，十五人成诗一首。王羲之将三十七首汇成集，在半醉中为之作序，即被后人誉为“天下第一行书”的《兰亭集序》：“永和九年，岁在癸丑，暮春之初，会于会稽山阴之兰亭，修禊事也。群贤毕至，少长咸集。此地有崇山峻岭，茂林修竹，又有清流激湍，映带左右，引以为流觞曲水，列坐其次。虽无丝竹管弦之盛，一觞一咏，亦足以畅叙幽情。是日也，天朗气清，惠风和畅。仰观宇宙之大，俯察品类之盛，所以游目骋怀，足以极视听之娱，信可乐也。”这次曲水流觞活动成为后来的范本，由此，兰亭也成了“流杯亭”的代名词。

曲水流觞活动除了在野外多曲多弯的曲水旁进行，还有一种形式是在流杯亭内进行。三国魏明帝曹睿在洛阳天渊池南侧的石头上雕凿盘曲的水道，引水流觞欢宴作乐，应该说是历史上最早的流杯亭。现今北京有四座流杯亭（中南海的“流水音亭”、故宫的“契赏亭”、恭王府的“沁秋亭”和潭柘寺的“猗轩亭”），不可不提的是可供民众游玩的潭柘寺猗轩亭。该亭坐落在寺院内清朝皇帝到潭柘寺礼佛落脚的行宫院，三米肩宽，汉白玉石铺地，石面上刻有一条深、宽各十厘米弯曲盘旋的水槽。从亭外北侧偏东一个石雕龙头口中流出泉水，沿方亭绕向东侧流入亭内水槽，经多次旋转后从西侧流出进入下水道。

潭柘寺流杯亭称为“猗轩亭”

亭的石板地面上是曲曲弯弯的石槽

从龙头口流出的水注入流杯亭地面石槽

流杯亭做曲水流觞，缺少王羲之笔下那种大自然的情趣，而且流杯亭的水槽规整，水流自入口均匀注入，觞一般不会停留某处，即使停下来也很难判断面对何人，所以与在野外曲流边做曲水流觞有所不同。具体规程是，将装酒的觞置于水面上，在蜿蜒的水槽里随水流漂移，要求觞自水槽入口处起吟诗，漂流至终点时完成诗作，对未成诗者给予罚酒。

笔者曾用一块小木板代觞试之，自入口处漂浮到出口处全程仅用一分钟（小木板漂流速度可能较觞略快）。在这短暂的时间内，莫说出口成诗，即便推敲一句也很困难；应该说，在流杯亭做曲水流觞比在野外更难一层。乾隆在游寺期间，经常与大臣们围坐在流杯亭边做这种游戏，并特为流杯亭题诗："扫径猗猗有绿筠，频伽鸟语说经频。引流何必浮觞效，岂是兰亭修契人。"所以潭柘寺流杯亭称作"猗轩亭"。游戏时皇上坐向朝南，看地面上多曲的水槽犹似虎头图案，对面的大臣被比喻成虎，而坐向朝北的大臣看水槽却是一对龙头图案，寓意皇上是真龙天子，故称"南龙北虎"，所以流杯亭又名"龙虎亭"。

曲水流觞雅集源远流长影响深广，仿建的兰亭坐落在包括台北故宫至善园、北京陶然亭公园等诸多地方；兰亭序碑文也出现在各地名胜景区。据悉，著名书法家、台北故宫原副院长庄严先生曾参加过一九四七年在重庆、一九六一年在台中北沟举行的曲水流觞；一九七三年农历三月初三，又组织四十三人在台北近郊外双溪举办曲水流觞雅集。一九八二年，浙江成立了“兰亭书会”，一九八五年确定每年农历三月初三，中外书法家和绍兴的文人墨客在兰亭举行曲水流觞活动。

曲水流觞先后传到朝鲜和日本，经过多年的演变已成为日本女儿节的一部分。一九八三年清明前夕，日本组织了“曲水之宴访华团”到兰亭朝圣王羲之，与绍兴书法家一起共行曲水流觞。

曲水流觞是一颗灿烂的文化明珠，引人无限遐想已逾千年，笔者认为应将其列入世界非物质文化遗产名录。

《世界日报》（上下古今版）2014年11月29日刊载

北京白塔寺

“白塔寺”位于阜成门内大街路北很显眼的地方，辽早期这一带是京城的北郊，寿昌二年（一〇九六年）密教高僧道赈在此建造了一座供奉释迦牟尼佛舍利、佛经等物的佛塔和“永安寺”，后来在战火中损毁。

元世祖忽必烈修建大都城，这一带被划入城内。忽必烈崇信佛法，亲自勘察选址，至元八年（一二七一年）决定在辽塔遗址上重新建喇嘛塔。建塔工程由宗教大师八思巴法王推荐的入仕元朝的尼泊尔匠师阿尼哥主持，至元十一年（一二七四年）开始施工，至元十六年（一二七九年）竣工，由八思巴法王同父异母的弟弟仁钦坚赞接任帝师后，为落成的白塔举行开光大典，随即迎请释迦佛舍利入藏塔中。塔高五十余米高，塔身如宝瓶，因塔体涂以白垩，故称白塔。白塔建成后，按忽必烈旨意，以白塔为中心向四方各射一箭确定修建寺院的范围，至元二十五年（一二八八年），有天王殿、意珠心镜殿、七佛宝殿、具六神通殿等多座殿堂的皇家寺院“大圣寿万安寺”落成，俗称“白塔寺”；因其位于大都城西，所以又称“西苑”。

“妙应山林”白塔

从东夹道看白塔

寺院成为朝廷每年各重大节日和百官习仪的活动中心以及译印维文、蒙文佛经的地方，也是尼泊尔各界人士参拜的重要圣地。忽必烈去世后，在白塔西侧建了安放其画像的神御殿（影堂）供臣民祭拜。至正二十八年（一三六八年），万安寺所有殿堂均遭雷击焚毁，唯有白塔安然无恙。

明宣德八年（一四三三年）对白塔进行大修，天顺元年（一四五七年）重建寺院，规模约为“万安寺”的百分之十，改名“妙应寺”，但民间仍称其为白塔寺。清康熙和乾隆年间均有修葺，乾隆命人在白塔内放置一批“镇塔宝”，使白塔寺再度辉煌；光绪二十六年（一九〇〇年），八国联军冲入白塔寺掠走大量法器、供器等物。

西侧、北侧和东侧北部由民宅包围

已清理的部分白塔寺东夹道

敕赐“妙应山林”山门

2001 年尼泊尔阿尼哥协会赠送的阿尼哥铜像

著名的白塔寺庙会始于清代，每月逢四、五庙会开市，如夏仁虎《旧京琐记》所说：“京师之市肆有常集者，东大市、西小市是也。有期集者，逢三之土地庙，四、五之白塔寺，七、八之护国寺，九、十之隆福寺，谓之四大庙市，皆以期集。”庙会期间各种交易分门别类有序分布在寺内，算命打卦、说唱杂艺等无所不有，其繁华景象不言而喻；还曾有“八月八，走白塔”的说法。庙会止于一九五六年公私合营时期。白塔寺还有“转塔”的习俗，十月二十五日是白塔落成的日子，每年这一天，喇嘛颂经奏乐，围着白塔转一圈，信众们也虔诚地绕塔祈福，场面热闹。

一九六〇年代，窄小的胡同和凌乱低矮的民房已遍及白塔四周，将其紧紧包围起来。“文革”时期，寺内喇嘛被遣散，文物也多被破坏；拆除了寺门和钟鼓楼改建为商场，寺院殿堂被民居、机关单位和工厂占用。

白塔寺天王殿

万尊藏式佛像等文物在“天王殿”、“意珠心境殿”等展室展出

一九七六年唐山地震白塔受损，一九七八年修缮期间，发现乾隆十八年(一七五三年)封存在塔顶部的大藏经、观世音像、佛陀舍利、袈裟、乾隆手书《波罗蜜多心经》、藏文《尊胜咒》等大量珍贵实物。一九九七年北京市政府启动了“打开山门、亮出白塔”工程，重修山门和寺内建筑，辽元明清几代元素为一体的建筑风貌再现寺院，“敕赐妙应婵林”山门复现街面。目前，寺内天王殿、意珠心镜殿、东配殿和北侧厢房内都有珍贵文物展，其中有塔顶内部发现的佛教、乾隆手写的经咒、万尊藏式佛像，各代唐卡、佛像和匾额等。遗憾的是，七拐八拐的白塔寺东夹道至今仅有几十米得到彻底清理修复，西侧、南侧和东侧北部仍被多重低矮的民宅所包围无法靠近，寺院的周边环境亟待改善。

《世界日报》（上下古今版）2014年12月31、2015年1月1日连载

附记：主持修建白塔者阿尼哥原名八鲁布，乃马真后三年（一二四四年）生于尼泊尔皇族，相传为释迦牟尼家族的后裔。宪宗九年（一二五九年）忽必烈敕令在西藏萨迦修建黄金塔，特使宗教八思巴到尼泊尔请国王帮助，国王在全国征召工匠，十七岁的八鲁布是精选八十名工匠之一。八鲁布自告奉勇带队入藏抵达

西藏萨迦后，按要求设计并主持修建金塔，历经两年完工赢得萨迦高僧的高度赞许并被挽留在藏。至元元年（一二六四年）八思巴建立西藏政权，将八鲁布剃度收为弟子，法名阿尼哥。在八思巴主持下，阿尼哥大力兴造寺院成就卓著。至元五年（一二六八年），八思巴推荐阿尼哥入仕大都。忽必烈接见了阿尼哥，并对其进行了严格的考核。

至元十一年（一二七四年），三十岁的阿尼哥率领五十名工匠历时五年完成了建塔工程，忽必烈大喜过望重赏阿尼哥，接着围绕白塔修建寺院。此后，在阿尼哥主持下相继建了多座寺院，为皇宫铸造佛教标示和法器不计其数。至元十三年（一二七六年）忽必烈令三十二岁的阿尼哥还俗取尼泊尔妻子在大都团聚，后相继赐予侧室和姬妾九人，一生妻妾共十人。大德九年（一三〇六年），阿尼哥去世，享年六十二岁，遗体火化后葬于宛平县香山冈子原。

后记：二〇一五年九月白塔巷中楼启动清理违章建筑，截止到二〇一六年初，白塔寺北墙外二十二处、周边十五条胡同三百多处共计二千七百多平米的建筑已经拆除，现还在进一步清理中。

大境门

说“大境门”，不能不说“西境门”。众所周知，修筑长城是为了防范北方异族对中原的侵袭。张家口北面的长城，于明成化二十一年（一四八五年）在北魏长城基础上所建，与大多地段一样没有修筑关口。随着时代的发展，北方重镇张家口成为“茶马互市”之地，中原与北部的蒙、回、藏乃至俄罗斯等各民族的贸易、文化交流汇聚于此。一堵高大而坚固的城墙成了城内（口内）和城外（口外）交往的屏障。为适应需要，明万历四十一年（一六一三年）在城墙上凿开一座石铺路面宽一点六米，高两米余的西境门，俗称“小境门”，只容一车一人单向通行，之所以开凿小门，仍以抵御马背民族的侵袭为目的。

大境门与长城

修建中的大境门内街

随着时间的推移，小城门已经远远不能适应发展的需要，顺治元年（一六四四年）在其西面陡峭山崖旁的城墙上凿开一个豁口，建起了一座高十二米、宽九米的大城门，成为没有城楼的重要关口，六岁的顺治皇帝为其题写了“大境门”三字，有“万里长城第一门”之称，与山海关、居庸关和嘉峪关并称长城“四雄”。民国十六年（一九二七年），驻张家口的察哈尔（独立省区）都统高惟岳书写了“大好河山”四字，镌刻在门楣上方。

“壮士守塞，赤胆忠心，康熙叫关，夜卧龙亭。”大境门碑记中的这段记载，是说康熙晚上从关外回来时城门已经关闭，随从们叫门，守关人声称不管什么人都要严守制度，坚持不予开门。康熙进不了城很无奈，只好借助月光爬上一座山亭过夜，后称该亭为“卧龙亭”。次日，守关人的祖父得知被关在门外的是皇上，赶紧带孙子到官府下跪领罪。康熙召见了祖孙二人并未多言，即命其捡一小石块呈上来，祖孙俩虽不明就里，但遵旨捡来一石块呈上；石块过称重三两，康熙命人取来三两黄金褒奖这位赤胆忠心、恪守成宪的年轻人。

与长城墙比例不协调的西境门

狭窄的西境门石铺路面

大境门落成后，与西境门同时开放，大大方便了与北方民族的交流。作为“张库大道”（张家口至库伦——乌兰巴托）起点的张家口，进出便利，商贾云集，成了有名的“陆路商埠”，被誉为“旱码头”。正如碑记中所载：“张库大道，昼夜驼铃；大小境门，贸易不歇，千店万铺，亿两白银。” 宣统元年（一九〇九年），京张铁路（北京至张家口）竣工；民国七年（一九一八年），张库公路建成通车，从而骆驼和牛车的运载方式逐渐由火车汽车取代，大大促使了商贸繁荣，大境门内外商铺达千余家；人头攒动、车水马龙的繁茂景象一直持续到上世纪五十年代。八十年代以后，市政建设脚步加快，古老的大境门被认定为省级文物保护单位，卸载了作为交通要道的历史使命，随之失去了昔日的风光，至本世纪初几乎无人从此通行。一九九五年和二〇一二年的两场暴雨造成西侧墙体两处大面积坍塌，在省市多个单位的资助下得以修复。

著名的陕北民歌《走西口》，说的是情人哥哥迫不得已离乡到关外闯荡谋生，情人妹妹送哥哥上路时难舍难离的场景。“西口”即山西、内蒙交界处右玉县长城的“杀虎口”。张家口民众声称，大境门就是与西口相对的“东口”。因为历史上从此进出的多为富商，有“财富门”之称，所以有“穷人走西口，富人走东口。”的说法。

修缮竣工的山神庙

重新建成的关岳庙牌楼

为开发旅游业，自二〇一〇年起，有关部门规划建设大境门旅游景区，城内街两侧明代的山神庙、三娘子庙和清代的关岳庙修复工程已经竣工，还将增建或修复领事馆、会馆、洋行、票号等历史文化设施，并在城内建设商铺、宾馆、茶馆、餐饮等，现代服务设施正在有序建设中。

修筑长城是为了防范异族的侵袭，凿开城门是为了各民族交往方便；几百年后，长城和城门成了古迹，为后来人留下了褒赏不尽的洋洋大观。

《世界日报》（上下古今版）2015 年 3 月 14、15 日连载

前门火车站

光绪二十三年（一八九七年）卢汉铁路（卢沟桥至汉口）从南北两端开工修建，光绪三十一年（一九〇五年）法国人主持修建正阳门西侧的火车站落成，卢汉铁路起点从卢沟桥延伸到正阳门。随后，郑州黄河铁路大桥完工，南北段铁路在河南武陟县詹店车站接轨，京汉铁路全线告成。

随着津榆（天津至山海关）、京榆（北京丰台至山海关）铁路的建成，光绪二十四年（一八九八年）铁路从山海关延伸到奉天（沈阳），北京永定门外马家堡车站建成，京奉铁路全线贯通。光绪二十七年（一九〇一年）英国人主持将铁路从马家堡延伸到永定门，并凿开永定门东侧城墙再向正阳门推进，历经五年，与正阳门西站东西相对的“京奉铁路正阳门东车站”落成。东站建筑为欧中结合式，有中央大厅和总面积三千五百平方米的普通、一等、二等候车室以及问事房、客票房、行李房、电话、电报、卫生间等设施，车站楼顶南侧的钟楼为其标志性建筑。

原有模样（取自网络）

今天的模样

宣统元年（一九〇九年）由国人詹天佑主持修建的京张铁路（西直门至张家口），于民国四年（一九一五年）从西直门延伸到正阳门东站。至此，京张、京奉、京汉三大干线汇集正阳门，正阳门站成了全国最大的交通枢纽。民国二十八年（一九三九）年分别改称正阳门东站和正阳门西站，并将原以客货兼营的车站改为东站专营客运，西站专营货运；北京人统称二者为前门火车站。

龙号车头（复制品）

前门西站竣工牌

前门火车站除了普通乘客，更是政要云集和名流往来的必经地，很多重大历史事件均发生在车站，诸如光绪三十一年（一九〇五年），刚启用的西站发生震惊中外的吴樾刺杀出洋考察的五大臣（镇国公载泽、户部侍郎载鸿慈、兵部侍郎徐世昌、商部右丞端方和绍英）事件；民国元年（一九一二年）孙中山从南京北上，袁世凯在东站举行数万人参加的欢迎仪式；一九二四年十月冯玉祥在东站策动北京政变；同年十一月孙中山来京治病，李大钊和十万民众在东站迎接，病逝后灵车由东站返浦口；一九二八年张作霖在东站登专车返奉天被日军炸死在皇姑屯；民国二十年（一九三一年）“九一八”事变后北平学生组成“南下救国示威团”从西站出发；一九四二年十月，自幼习武的京剧名家程砚秋从沪返京，在东站三拳两脚征服一伙袭击者等等。一九四九年以后的十年间，前门东车站还成为政要出访和迎宾的“国门”火车站。

一九五六年西站被拆除，一九五八年占用汇文中学大操场及其东侧地带，兴建时称北京十大建筑之一的北京站，一九五九年九月启用后，历经北平站、北京站等多次演变的前门东站彻底卸载了运输的使命。

一九七〇年代，由于环城地铁工程，特别对停用的前门东站进行了改造，以钟楼为中心做了镜像对称平移。原钟楼位于车站顶南侧，将钟楼北侧墙体拆除，用其南侧墙作为北墙向南侧重建钟楼，原钟楼北侧的建筑拆除后建在新钟楼南侧；这一巧妙地改建，除了钟楼由车站顶南侧移到北侧以外，车站外观看起来与原貌无异。

停用后的前门东站曾改为科技馆、铁路工人文化宫、老车站商城等。二〇〇四年“京奉铁路正阳门东站旧址”公布为“北京市文物保护单位”，二〇〇八年改为“北京铁路博物馆”。馆内有国内外火车模型收藏、铁路历史文物收藏等多项主题展览，其中包括中国人自制的第一台“龙号”蒸汽机车车头、刻有中法两国文字的“京汉铁路告成铁碑”等二千余件文物。除了历史文物外，参观者还可进入动车驾驶舱模拟时速三百五十公里的实地体验，通过直观浓缩在老车站内的文物展，人们可充分了解一百多年来我国铁路建设的全部历程。

《世界日报》（上下古今版）2015 年月 4 日 11 刊载

北京奶子府

地名对普通百姓来说概念很简单，就是某地方的名称，可是对专家来说就复杂多了。地名是历史和文化的载体之一，每个地名的形成都隐藏着很多故事。比较怪异的北京地名“奶子府”就是典型的例证。

奶子府现改称富强胡同

奶子府坐落在胡同中坐西朝东

“奶子府”即为皇室征用乳母的机关。由于众多的皇家子嗣需要奶妈喂养（后来慈禧也用人乳养身），内务府必须常备一定数量的奶妈，而奶妈又须与其丈夫、子女切断联系，因此明代开始专门设置了管理机构——奶子府和奶妈的养护场所。《宛署杂记》中说：“东安门外稍北有礼仪房，乃选养奶口以候内庭宣召之所。”杂记中规定：“奶子府隶锦衣卫，其制每季精选各里良家妇，年十五以上二十以下四十名养之内，曰‘坐季奶口’；另选八十名籍于官，曰‘点卯奶口’，季终则更之。”《明宫史》记载，每年四仲月遴选乳妇，要有生男孩的也要有生女孩的。生皇子的选择生女孩的做奶妈，生皇女的选择生男孩的做奶妈。每个季由提督司礼监太监主管选择生男孩和生女孩的奶妈各二十名充任坐季奶口，住在礼仪房颐养等候朝廷宣召；另选在册点卯奶口八十名以待急需时候补。一个季度内未被宣召的“点卯奶口”即行回家，奶口每季度轮换一批。

现在奶子府门牌是富强胡同 6 号，左侧写“非开放单位谢绝参观”，右侧方牌写“北京市东城区文物保护单位”

奶子府对面是奶妈养护和横牌待宣召的高墙大院

遴选奶妈条件极其严格，除了限定年龄，还必须是体型好相貌端的健康满人、有丈夫有子女、第二胎产后三个月、奶水充足、新生子健康等项。奶妈来自京城附近的宛平、大兴，由二县衙门广泛寻找具备条件者作为候选人。表面看来，奶子府是征用奶妈的地方，奶妈只不过是一类特殊的女佣而已，但如果奶养的皇子登基继位或身任高官则奶妈身价倍增，可加封受爵身居高位，甚至获权干政，其作用不可小视。

南北走向的奶子府胡同为长约三百米、宽四米余的街巷，奶子府大门坐西朝东，对面是养护奶妈和待宣召的高墙大院。民国初期，认为奶子府作为地名有浓厚封建色彩，故改称“乃兹府”，一九四九年后称为“乃子府”，一九六五年又改称“富强胡同”。先后曾有胡耀邦和赵紫阳两位中共总书记在此居住过；前者住了二十九年直至一九八四年搬出，后者自一九八九年直至二〇〇五年辞世。现四合院大门紧闭，为非开放的区级文物保护单位，看起来似乎有些神秘。院内的建筑，除一九七八年唐山地震时受损曾经维修外，一直没有变化。

如今，以人奶养身、渴求长生不老者大有人在，令人震惊的是，有些地方竟屡屡出现成年男性在少妇怀抱中口含乳头直接吸吮奶汁的场面，充分暴露这些人道德沦丧、生活腐败到了无以附加的地步。虽然奶子府的功能早在民国初期即已成为历史，但由其异化而来的、无形的奶子府又有了滋生的温床。

《世界日报》（上下古今版）2015 年 5 月 18 日刊载

黄河第一桥史话

汉武帝元狩二年（公元前一二一年），骠骑将军霍去病于西征匈奴凯旋归来途中，在今日西团区河南岸建起一座城堡——“金城”。此后，沿黄河两岸拓建城郭，形成了黄河从城中心由西向东穿行而过的格局。隋开皇三年（五八三年），隋文帝在金城置州，因城南有挺拔的皋兰山而定名兰州。

中山桥（南岸西侧摄）

“镇远桥铁柱”碑

一条大河成为两岸交流必然应对的天堑；因此，首先在金城、西固等地出现渡口，夏秋时节用小船和羊皮筏子、冬天在河面冰上行走渡河，一年四季落水遭难事件频发。一首民谣道出了实况："黄河害，黄河险；凌洪不能渡，大水难行船。隔河如隔天，渡河如渡鬼门关。" 唐长庆元年（八二一年），大理卿刘元鼎出使吐蕃，在兰州河口首架浮桥"广武梁"。北宋绍圣四年(一〇九七年)收复兰州重修金城关，在关下架设浮桥。明洪武五年(一三七二年)，开国名将冯胜西征途经兰州时在七里河用二十四艘木船，以木梁串联，横铺木板搭建浮桥，两岸边各竖立两根大铁柱（将军柱）系以缆索固定，军事结束后拆除。洪武八年(一三七五年)，开国名将邓愈出兵平定河西于城西十里处再建浮桥，命名"镇远桥"。

白塔山腰俯视铁桥全貌

浮桥"随波升降，帖若坦途"，但因每年凌汛，封冻期必须拆除，渡河仍靠冰桥，如此拆拆建建年复一年。洪武十八年（一三八五年），浮桥略加改造移至水流较缓的白塔山下金城关附近，供军民通用，封冻期不再拆除。同治六年（一八六七年）左宗棠赴任陕甘总督，深感频渡黄河之难，建议在兰州建桥，并曾与多家外商洽谈，但因讨价过高而流产。光绪三十年(一九〇四年）镇远浮桥被大水冲断，人们迫切需要建固定桥。一九〇五年，德商泰来洋行驻天津经理到兰州游览，恰逢兰州道道员彭英甲以兰州道之名举办甘肃洋务推行新政，为适应形势发展再议建桥事宜。一九〇六年，由彭英甲总领的甘肃洋务总局决定将镇远浮桥改建为铁桥，并与泰来洋行谈妥承包协议，承诺保固八十年。所用钢材、水泥等均从德国海运到天津，由铁路运到北京中转到河南新乡，再从新乡用骆驼和马车取道西安分三十六批次运到兰州，路途三千里历时近一年。光绪三十三年（一九〇七年），时任陕甘总督升允力挺彭英甲先斩后奏报告了建桥的筹备工作，敦请慈禧和光绪准奏已经开工的建桥工程。对于是否建铁桥存在争议，兰州知府傅秉鉴对桥墩是否能承受浮冰的冲击提出质疑；庄浪举人牛献珠列举修建铁桥的弊端呈文反对。彭英甲对反对之声给予解释、驳斥，一九〇八年建桥工程得到正式批复。

“黄河第一桥”桥碑（甘肃省著名书法家黎泉书写）

铁柱上铸有“洪武九年岁次丙辰八 月吉日总兵官司卫国公建斯柱于浮桥之南·系铁缆一百二十丈”字样

工程由美国和德国技术人员指导，德商聘请华洋工匠，天津名匠刘永起负责施工。宣统元年（一九〇九年），一座横跨黄河长二百三十四米、宽七点五米、六墩五孔的铁桥落成，被誉为“天下黄河第一桥”。至此，五百多年的镇远浮桥与历史告别。

宣统三年（一九一一年），核查建桥留下的明晰清单（各项费用总计黄金三十万六千六百九十一两八钱九分八厘四毫九丝八忽），无贪贿之虞。民国十七年（一九二八年）为纪念孙中山铁桥改称“中山桥”。一九四九年八月，在国共两军激战中木质的桥面被焚，后在维修时换成铁质桥面，并在梯形桥架上加了五座拱式钢梁；“文革”期间，铁桥险被当作“四旧”破坏；

一九八九年，德国建造商致函兰州市政府询问铁桥情况，同时申明建桥承诺的八十年保固期已满；二〇〇九年八月，中山桥迎来百年庆典，庆典纪念碑在黄河南岸落成，搭建浮桥时用的将军柱同时矗立在南岸；欢乐的人们振奋激扬，在流连忘返中品味铁桥的百年沧桑。

重建将军柱记

目前，兰州已有多座大桥横卧黄河，还有多座拟定建设，铁桥已改为参观游览的步行桥，成为桥梁之都兰州市珍贵的文化遗产和古老的标志性建筑。

《世界日报》（上下古今版）2015 年 6 月 5、6 日连载

北京香山公园静翠湖

现今的北京香山自晋代始有文字记载，历经几代皇家的营造，逐渐形成具有多处楼阁廊榭、屋宇亭台等规模宏大的园林。乾隆在原有的基础上扩建并正式修筑了围墙，赐名“静宜园”（即香山公园），并为其中的二十八处景观钦题赋诗，成为著名的香山二十八景。

乾隆二十七年(一七六二年)于东门南侧(中宫东域)修建一处由“对瀑亭”、“山阳一曲精庐”、“得一书屋”、“怀风楼”等建筑组成的“带水屏山”景区。该景区虽未纳入香山二十八景，但湖水三面有参差错落的山峦环抱、林木葱郁，湖边有舞姿婆娑的垂柳依傍，与曲径回廊浑然一体，是个休闲小憩的好去处。可悲的是，在咸丰十年（一八六〇年）英法联军火烧圆明园的灾难中，这僻静的“带水屏山”和香山二十八景几乎同时焚毁殆尽；光绪二十六年(一九〇〇年)再遭八国联军洗劫，使之成为一片废墟，直至一九五八年重新修整辟为“静翠湖”景区；一九九一年依照当年带水屏山景区复建了对瀑亭，匾额“对瀑”二字源自乾隆御笔。

巨石上刻写着静翠湖的名字

静翠湖之夏

香山顶峰因有两块形似香炉的巨大乳峰石故名“香炉峰”。顶峰海拔五百五十七米，陡峭险峻令人望而生畏，俗称“鬼见愁”。人都说不登上鬼见愁就等于没到过香山公园，外地游客迢迢千里来到这里或第一次到香山公园的人，主要是奔着闻名遐迩的鬼见愁而来，就连鬼见了都发愁的地方，只有亲自登上去，站在顶上眺望京城显示了英雄本色才不枉此行！但是，从鬼见愁下来以后，再有气魄的人也会感到筋疲力尽，哪里还有多余的精气神到别处闲游？何况还有诸多诱人的景观和遗迹，所以静翠湖就成了人们无暇顾及或被遗忘的一隅。

其实，就在进东门后向南缓步上山的不远处，一尊直立的、镌刻着“静翠湖”三个大字的巨石就会映入眼帘，沿路径走下去，湖光美景就在眼前。静翠湖景色四季分明，在夏秋之季会看到平如明镜的湖水中散落着成片的睡莲，叶片大多平平展展地铺在水面上，间或有挺身而出的莲花充分张开笑脸点缀在叶片的缝隙间，不禁让人想起“接天莲叶无穷碧，映日荷花别样红。”、“惟有绿荷红菡萏，卷舒开合任天真。”、“四顾山光接水光，凭栏十里芰荷香。”等诗句。

步入坐落在湖南岸的对瀑亭，可闻及淅沥沥的落水声，南面山崖上的水直流而下，形成的瀑布与长方形的亭榭相望，这就是对瀑亭名字的来源。瀑布水流贮存于崖下的浅池内，待水面达到一定高度时，自然通过亭台基石下的涵洞注入湖中。亭内基石面积约二十四平方米，木栏上经常栖息着游人，但只见人们说笑畅谈的手势和形象，而听不到刺耳闹人的喧哗声，如同置身在小巧而恬静的世外桃源。沿崎岖小径登上崖顶鸟瞰，山水花木布局和谐的静翠湖尽收眼底。山崖顶部与盘山道的排水渠衔接，看来若没有足量的雨水引致山洪，具有规模的瀑布是难以再现的，如此对瀑亭也就只具有象征性的意义了。尽管如此，也不会使令人惊叹的秀美景观有丝毫的逊色。

为方便游人落脚香炉峰顶，一九八二年修建了近千米的上山索道，如此您可利用节省下来的体力和时间走进静翠湖，融汇在这仙境般的山水景区中，体验一番别样的享受。

《世界日报》（上下古今版）2015 年 8 月 6 日刊载

潭柘寺与妙严公主拜砖

“潭柘寺”距京城四十公里，坐落在门头沟的群峰环抱中。寺院始建于西晋愍帝建兴四年（三一六年），原称“嘉福寺”，为北京最早修建的佛教寺院，有“先有潭柘寺后有北京城”的说法。武则天万岁通天元年（六九六年），佛教高僧华严来到已经败落的嘉福寺，用手中一块布毯施法抛出，在其附近化缘得到一块地重修扩建。因寺院后有两股泉水在龙潭汇合后流经寺院，故此华严大师将嘉福寺改称“龙泉寺”。

潭柘寺牌坊背面康熙御笔“香林净土”正面被巨大的柘树遮挡

潭柘寺是寺院的俗称，名称来源说法不一，最直白的解释是因寺院后有龙潭，寺院前和山上有柘树。有人说因扩建寺院的地方由一毯化缘所获，所以民间称其为“毯遮寺”，如此流传演变为潭柘寺。寺院几度整修易名，曾有“大万寿寺”、“嘉福寺”、“龙泉寺”、“岫云寺”等称谓，但民间始终称其为潭柘寺。

元世祖忽必烈的三女儿——昌国大长公主茶伦，曾是叱诧风云、随父征战南北打天下的女将，父亲做了开国元勋，自己成为尊贵的公主。夜静更阑，思过半矣，自身与父亲在战乱中不免犯有杀戮罪，故决意远离尘世到潭柘寺出家为尼赎罪终身，法号“妙严”。茶伦公主每日诚心正意在观音殿内跪拜诵经礼忏，日久年深竟把殿内的一块铺地方砖磨出了两个深深的脚印，后人称之为妙严公主的“拜砖”。妙严公主在寺院善终（圆寂）后葬于寺前的“塔院”内。

潭柘寺山门康熙御笔“敕建岫云禅寺”

妙严公主拜砖

明释真可在《妙严公主拜砖赞》对妙严公主及其拜砖做了详述：“顶礼道人双足迹，身毛不觉忽俱树。无始懈怠习顿除，觉天云迸精进日。我想斯人初未逝，朝暮殷勤礼大士。心注圣容口称名，形骸屈伸安可计。积日成月月成时，积时成岁岁成劫。如是积渐难尽言，水滴石穿心力至。辟如千里如初步，又如合抱生毫末。以踵磨砖砖渐易，砖易精进犹未止。砖穿大地承足底，地穿有时人不见……”为颂扬妙严的虔诚精神，明孝定太后曾将拜砖隆重迎到皇宫供奉，后几经辗转回归潭柘寺观音殿珍存至今；妙严公主在潭柘寺出家的故事因此广为流传。

潭柘寺规模宏大，香火旺盛誉名于世，曾有金熙宗、元顺帝、明永乐、清康熙等历代多位皇帝到寺院进香礼佛题字（现今寺前的牌坊前匾“翠嶂月泉”、后匾“香林净土”和山门洞上“敕建岫云禅寺”为康熙亲题）。民国十八年（一九二九年），四十二岁的蒋介石先生曾专程到寺院膜拜进香。日本无初德始、裕仁天皇的女婿大谷光瑞、东印度底哇答思、西印度连公大等人均曾到此学习佛法。

“潭柘塔林”山门

塔体镌刻“妙严大师之塔

妙严大师墓塔

一九五〇年，清第二十代住持茂林和尚在潭柘寺修行期间，寺院被辟为古迹公园。一九五六年朱德先生到寺院视察，修建了从市区直通门头沟的公路。一九六五年，笔者在附近参加社会活动期间第一次走进寺院，对妙严公主拜砖、流杯亭等留下了深刻印象。由于寺院撂荒多年，加之远离市区，上世纪六七十年代专程前往者寥寥无几，直至一九九七年恢复宗教活动，莅临者逐年增加。当今，潭柘寺已被列为国家级文物保护单位，寺院内外柘、柏、娑罗古树遍布垂荫，已成为信徒仰慕和观光游览的胜地。

《世界日报》（上下古今版）2015 年 9 月 12、13 日连载

附记：位于潭柘寺前面的“潭柘塔林”由上、下“塔院”组成，据一九八三年统计共有金、元、明、清高僧大德的墓塔七十五座。著名的妙严公主墓塔位于下塔林。

北京大红门

“大红门”是北京一个地名，现今没有“门”，之所以称为“门”，与该地曲折的历史有关，其来历涉及到皇家猎苑“南海子”，还直接与义和团搭上了关系。南海子位于现在的永定门外十公里处，属于永定河和号称百泉水汇流而成的温榆河的交接区，辽金时期该地多处有积水的坑塘，是一片草木繁盛、各种禽兽经常出没的地方。

至元八年（一二七一年）世祖忽必烈从哈剌和林（遗址位于乌兰巴托西部三百六十公里的鄂尔浑河河畔）迁都北京并始建大都城。蒙族人先辈在广袤的草原上以放牧为生，为继承祖辈游牧生活和满足习性的需要，忽必烈在该地修建了四十公顷（〇点四平方公里）的猎场，因距建设中的大都城不远，故取名“下马飞放泊”，民间称之为“小海子”。

不少商城用大红门命名

麋鹿群标志塑像

明代，被封为燕王的朱棣夺取政权登基，永乐元年（一四〇三年）将都城从南京迁到北京，三年后始建紫禁城。为便于皇家狩猎和游乐，永乐十二年（一四一四年），朱棣迫使小海子附近的村民全部迁出，把元代的下马飞放泊拓展为总面积达二百多平方公里的大型园林猎场。宣德三年(一四二八年)特命第一代英国公张辅等人在其四周修筑了近八十公里的土围墙，并在四面各建了一个大门：北大红门、南大红门、东红门、西红门。为行猎方便，还先后兴建了旧衙门行宫（现“旧宫”）和新衙门行宫（现“新宫”）两座提督官署以及庑殿行宫(现“旧宫镇庑殿”)、团河行宫(现“西红门镇团河”)、南红门行宫（现“南宫”），自此，小海子已成为北京城南一座规模宏大的皇家苑囿，时称“南囿秋风”，被誉为“燕京十景”之一。因已建成的紫禁城北面有水面浩瀚的积水潭，故小海子又称“南海子”。

顺治元年（一六四四年）清军入关后，都城奉天（沈阳）迁到北京。满人祖先主要以狩猎为生，按祖辈的习性，对习武和行猎极为重视，南海子恰为理想的皇家园林，因位于紫禁城南面，故称其为“南苑”。文史学家赵翼《南苑大阅恭纪》：“雪晴南苑曙光皑，翠辇亲临閲武来。风云卷阵戈挥日，烟焰腾霄炮震雷。”乾隆续编的《大清一统志》中介绍：“南苑在京城永定门外二十里，方圆一百六十里。原为下马飞放泊，明永乐中增广，亦名南海子。周围绕以短垣，麋鹿雉兔，蕃息其中，时命禁旅行围，以肄武事。”乾隆时期对南海子进行重新修整，推掉了外围的土墙改成了砖砌墙（并在海子四面围墙增开五个门和多个角门，其中在北大红东侧新增开的门称为小红门）。

正在建设中的南海子公园

现在的南海子

与麋鹿苑一栏之隔的望鹿台

在望鹿台内观看麋鹿苑

光绪二十六年（一九〇〇年），八国联军以义和团袭击洋人教堂和使馆遭侵犯为由联合进兵攻占了北京，进而入侵河北、山西、东北等多地，次年九月清政府与英、俄、法等十一国签定了丧权辱国的《辛丑条约》，其中赔款白银四亿五千万两（不含利息）。自光绪二十一年（一八九五年）甲午战争失败，签订《马关条约》赔偿日本白银二亿余两以后，国库早已空虚，为偿还《辛丑条约》的巨额赔款，政府迫不得已设立了“官产局”出卖南苑的土地，自此实质上的南苑不复存在。民国初，该地带逐渐形成了南苑镇，而各个大门等则演变为一系列的地名，除了南海子原有的二十公顷（〇点二平方公里）湿地，南苑的其他踪迹皆无。据惯例，南面向阳的门视为正门，而北大红门则属例外，门虽向北，但面对的是皇宫紫禁城而被视为正门，简称“大红门”。在演变成的地名中，最具名气的也是大红门。

一九八〇年代，随着改革开放政策的实施，大量的外来人员聚集在大红门一带落户经商，因以浙江人最多，故曾有“浙江村”之称。现在大红门一带已有以经营服装为主的各类大型商厦，成为北京最繁华的商贸区之一。

《世界日报》（上下古今版）2015 年 12 月 20、21 日连载

后记：清同治四年（一八六五年），法国神父大卫发现我国独有的麋鹿，一八六六年全部运往欧洲，从此麋鹿在我国绝迹。二百年后的一九八五年，英国乌邦寺公园把二十头麋鹿送还中国。为此，北京市政府围绕原“南海子”开始兴建总面积十一平方公里的“南海子公园”，其中“麋鹿苑”是重要的组成部分。麋鹿苑外设有“望鹿台”，墙壁上有对麋鹿的介绍资料，游人可以在台上观看麋鹿的活动情况。同期，一座具有麋鹿群塑像和有 1866 年、1985 年标志性的高大建筑物也在公园西北约二公里的旧宫西路与德贤路相交处的桥西侧路北落成。

上海外白渡桥

清道光二十二年(一八四二年)中英签订了《南京条约》和《五口通商章程》,除了割让香港、赔款，还有开放上海等五处为通商口岸，准许英国派驻领事。

次年上海正式开埠后，外资和国外商品纷至沓来，英、美、法、俄等移民在上海建码头、设行栈、开银行等，国内江、浙、皖、赣、闽、粤、鲁等移民也陆续涌入，使原本为海边小镇的上海很快发展为中外贸易中心。一条苏州河横跨繁华地区成了各种活动的障碍，由于两岸往来的需要，沿河有多处摆渡口应运而生。通常人们称河的上游为“里”，下游为“外”，所以设在苏州河下游临近汇入黄浦江口处的摆渡称为“外摆渡”。

因苏州河两岸先后被划为英美租界，显然几个摆渡口远不能适应形势发展的需要。咸丰六年(一八五六年)，由英资“怡和洋行”威尔斯等人集资的“苏州河桥梁公司”在外摆渡口处建了长一百三十七米、宽七米的木桥“威尔斯桥”，民众称之为“外摆渡桥”（有活动桥面，当有船只过往时需将桥面吊起）。桥建成后，大大方便了人员来往，但中国人过桥要缴纳高额的过桥税，此举引起上海民众的强烈不满和反抗。同治十二年（一八七三年），租界工部局在原桥的东侧另造一座长一百一十七米、宽十二米的木桥称“外摆渡桥”，把威尔斯桥收购拆除。因新桥临近黄埔外滩公园处，故又称“公园桥”。新桥建成后，人们过桥不再收费，因此民众便将“外摆渡桥”称为“外白渡桥”。

为适应新形势，光绪三十二年（一九〇六年），公共租界工部局决定修建钢架桥取代木质桥，预算造价白银二十万两，其中英国电车公司捐资铺设电车轨道。同年，在建桥方“上海特别市政委员会工部局”主持下，聘用英国技术人员、进口英国钢材施工建桥。以钢筋混凝土为桥台、桥墩、长一百〇七米、宽十八米的新一代桥，历时一年落成，沿用了“外白渡桥”之名。这就是今天的第三代外白渡桥，为中国第一座全钢结构桥，是上海标志性建筑之一。

一九三七年日军占领上海，“华人与狗不得入内”的提示牌就立在苏州河附近的外滩公园。中国人过桥时要毕恭毕敬地向桥头站岗的日本兵鞠躬行礼，否则可能遭到毒打、罚跪等处分。

二〇〇七年，上海市政工程管理局收到英国外白渡桥设计公司的来信说：“桥梁设计使用年限为一百年，现在已到期，请对该桥注意维修。”信中还对今后的检修工作提出建议。收到来信时，恰逢上海对外滩实施综合改造，二〇〇八年有关部门决定，除了桥墩以外的部件整体拆下来送船厂大修。二〇〇九年，将更换了铆钉的钢架重新安装到位，包括两侧人行道在内的桥面修整一新，老桥恢复原貌。大修后可保证再使用五十年乃至百年。

外白渡桥落成后，发生在桥上的大小事件不计其数。民国四年（一九一五年）十月，革命党人陈其美到上海发动“讨袁起义”，预计先控制黄浦江海军舰艇，除掉上海镇守使、海军司令郑汝成。郑汝成曾附名同盟会，后投靠篡权称帝的袁世凯，身为海军上将兼陆军中将，着力镇压二次革命（癸丑之役）捕杀革命党人，给革命造成极大损失。一天，中华革命党（一九一九年始称中国国民党）上海支部得到情报，得知郑汝成将乘车过桥到日本使馆参加活动，当其专车行至桥心时，埋伏在桥上的革命党人王晓峰和王明山突然出击将其当场击毙在汽车里，此事震惊了袁世凯，为发生在外白渡桥上最着名的事件之一。

外白渡桥名誉中外，几十年来有大量的以白渡桥为素材和背景的文学和影视品面世。目前，每天从外白渡桥驶过的汽车达三万辆次左右，百余年的老桥仍是上海市重要的交通枢纽之一。

《世界日报》（上下古今版）2016 年 1 月 22、23 日连载

燕墩与北京中轴线

清乾隆五十二年（一七八七年）窦光鼐、朱筠等的《钦定日下旧闻考·郊坰南》中载：“燕墩，在永定门外半里许，官道西。恭立御碑台，恭勒御制《帝都篇》《皇都篇》。”杨静山的《燕墩竹枝词》：“沙路迢迢古迹存，石幢卓立号烟墩。大都旧事谁能说？正对当年丽正门。”“燕墩”其名取自“燕山”，因燕墩形如烽火台，故又称“烟墩”。

燕墩东向观

燕墩南脚下

燕墩北向西角门

燕墩保护文物标牌

元、明两代北京有五镇之说，为确保京城安全，按道家木、金、水、火、土五行相生相克的原理，在北京的东、西、北、南、中五个方位分别设置了镇物。始建于元初期的燕墩（烟墩）为城南镇火的建筑，时为一座土台，明嘉靖三十二年（一五五三年）修筑北京外城永定门时用砖将其包砌。

燕墩位于现今永定门外大街西侧高台上，墩台高九米，为上窄下宽的正方形，西北有石门（“文革”时期遭破坏，现在的木门为一九八五年的仿制品），进门后沿四十五级台阶向上可直达台顶。台顶正中有一座正方形石坛，坛台面上有“大清乾隆十八年夏四月之吉御笔勒石永定门南皋”（即一七五三年建于燕墩上、高八米的乾隆御制碑——永定石幢），时为燕京小八景（永定石幢、南囿秋风、东郊时雨、银锭观山、西便群羊、燕社鸣秋、长安观塔、回光返照）之一。碑体南、北面分别镌刻乾隆“岁在癸酉孟夏月”御笔汉、满文字对照的《皇都篇》和“岁次癸酉孟夏月”的《帝都篇》。两篇文揭示，北京左有东海，右有太行山，南边有黄河，北面有居庸关，记述了幽燕地区的历史沿革和山川名胜及民俗等。

皇都篇

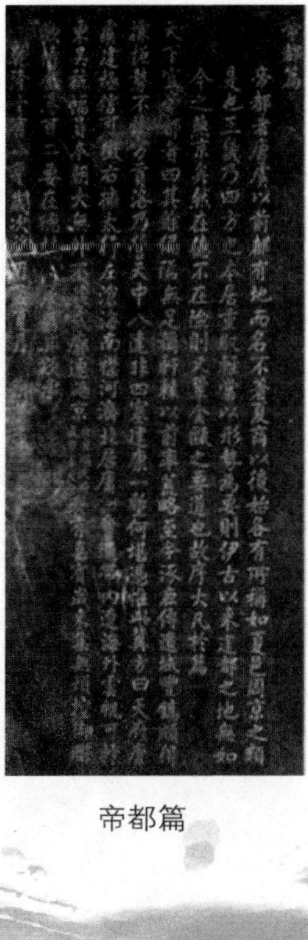

帝都篇

为安全起见，明代始建南部外城，嘉靖三十二年位于南城墙中心的永定门城楼落成。建了外城以后，原正方形的北京城成为凸字形，使起自北城墙内钟楼至南城墙前门的南北中轴线从前门向南延伸到永定门。中轴线上自北向南有鼓楼、万宁桥、地安门、景山、故宫、端门、天安门、金水桥、前门、前门箭楼、前门大街、天桥等，全长七点八公里。著名建筑学家梁思成曾称赞说："一条长达八公里、全世界最长也最伟大的南北中轴线穿过全城。北京独有的壮美秩序就由这条中轴的建立而产生。"然而，自一九五〇年起北京开始拆除城门城墙，一九五七年永定门城楼和箭楼也被拆除。

二〇〇一年北京成功申办二〇〇八年奥运会，为恢复和保护北京城的完整性，二〇〇三年南中轴线整治工程起动，消失了四十多年的南起点永定门城楼于次年按原样在原地重建完工。二〇一二年，国家文物局向联合国教科文组织递交申请，北京中轴线加入世界文化遗产名录事宜正式启动。根据中轴线申遗的保护规划，中轴线划分了核心保护区和缓冲区，中轴线两侧及周边的历史文化一并纳入保护范围，基本覆盖了整个旧城区。最后确定申请加入遗产名录的中轴线为钟楼至永定门的七点八公里。除了对申遗本身存在诸多争议外，还有人对七点八公里中轴线提出异议，认为位于中轴线上的燕墩历史远远先于永定门，且有重点文物乾隆御制碑矗立在台面上，并已于一九八四年列为市级文物保护单位，一九九〇年对墩台和石碑做了维修，二〇〇四年对又周边进行了清理，使其全貌呈现在人们的视线中（北侧整修为小型公园），故应将其作为申遗中轴线的南起点，但经主管部认真研讨，认为燕墩的重要性及其形象不能与永定门相比，不适宜将其定为南起点。应该肯定，燕墩是北京早期重要的标志性建筑和历史的见证物，故将其纳入重点保护范围之列（遗憾的是，中轴线申遗未获成功）。

《世界日报》（上下古今版）2016年3月16日刊载

附《帝都篇》《皇都篇》于下

《帝都篇》

天下宜帝都者四 其余偏隘无足称 轩辕以前率荒略 至今涿鹿传遗城
丰镐颇得据扼势 不均方贡洛乃营 天中八达非四塞 建康一堑何堪凭
惟此冀方曰天府 唐虞建极信可征 右拥太行左沧海 南襟河济北居庸
会通带内辽海外 云帆可转东吴粳 幅员本朝大无外 丕基式廓连两京
我有嘉宾岁来集 无烦控御联欢情 金汤百二要在德 兢兢永勖其钦承
（乾隆十有八年岁次癸酉孟夏月御笔）

《皇都篇》

惟彼陶唐此冀方 上应帝车曰开阳 轩辕台榭虽莫详 职方有幽无徐梁
要之幅员长且广 山河襟带具大纲 列国据此士马强 可以雄视诸南邦
辽金以来始称京 阅今千年峨天阊 地灵信比长安长 玉帛奔走来梯航
储胥红朽余太仓 天衢十二九轨容 八旗居处按界疆 朱楼甲第多侯王，
槐市陆海无不藏 富乎盛矣日中央 是予所惧心彷徨
（乾隆十有八年岁在癸酉孟夏月御笔）

陶然亭与陶然亭公园

现在北京南城永定门和右安门之间原是一片土丘和芦苇塘；元代在芦苇塘边的高台上建了一座寺庙“慈悲庵”，明代已成为名流雅士游息的地方，几百年后这一带已是小有规模的园林。

陶然亭、慈悲庵保护文物标志匾牌

江藻的二字匾“陶然”

齐白石的三字匾“陶然亭”

郭沫若的三字匾“陶然亭”

康熙三十四年（一六九五年），工部侍郎江藻到该园林充任生产陶器和砖瓦的窑石监督时，在慈悲庵西侧建一座六角亭，取白居易《与梦得沽酒闲饮且约后期》诗句“更待菊黄家酝熟，共君一醉一陶然。”中的“陶然”二字命名为“陶然亭”。亭为“园林之眼”，陶然亭的落成为原本无亭的园林增加了色彩，被誉为“周侯藉卉之所，右军修禊之地。”

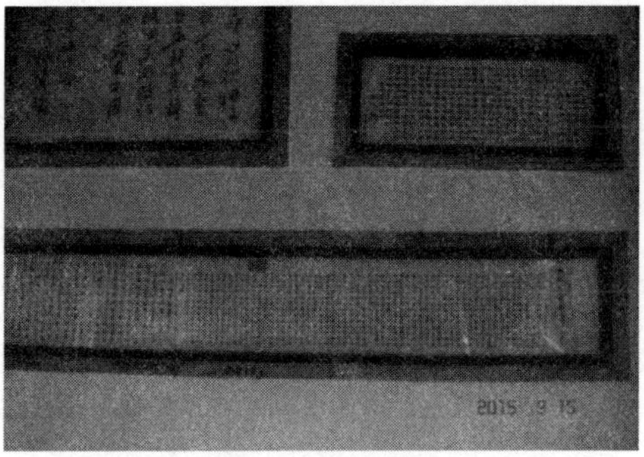

陶然亭内南墙石刻

陶然亭内北墙石刻

慈悲庵大雄宝殿

文昌阁

江藻的长诗《陶然亭》中写道：“结构虽微可乘兴，槐眉小暑名陶然……诸公携酒肯经过，觞 咏相将惧色喜。我生怀抱本陶然，坐卧其间亦足矣。”充分说明亭间为其经常会友的场所。由于朋友越来越多，康熙四十三年（一七零四年）由江藻和朋友们集资将六角亭改建为东西向较原来宽敞的三间敞轩。后来莅临于此的有林则徐、龚自珍、黄爵滋、魏源、张之洞、康有为、谭嗣同、孙中山、梁启超、秋瑾、李大钊等二百多知名人士。民国二年（一九一三年）八月。袁世凯曾把孙中山的支持者章太炎囚禁在陶然亭西部的龙泉寺。“五四”

运动期间《少年中国学会》等组织也曾在此活动，人称此地为“国民革命的摇篮”。至民初的三百年间，慈悲庵和陶然亭一直为北京城南地区的文化中心。

慈悲庵坐西朝东，步入山门是一道影壁，其背面为太宗九年（一一三一年）建的金代经幢。院内南侧是观音殿，原来供奉大乘佛教阿弥陀佛、大势至和观音菩萨，康熙四十三年（一七零四年）殿匾额为“大自在”，道光二十八年（一八四八年）改为“自在可观”，两侧楹联“莲宇岧峣去天尺玉临韦曲芦塘淼浸在水中央认补陀”。观音殿对面是准提宝殿，原来供奉准提菩萨，现在辟为展室。匾额两侧楹联“法雨慈云众生受福 金轮宝盖两戒长明”。东北角坐落着文昌阁，匾额两侧楹联“爽气抱西山窗外峰峦挑笔阵 文光凌北斗花间楼阁接天梯。”二道门门楣匾额“因材而笃”。阁内供奉着主宰文运兴衰与功名禄位的文昌帝和魁星二神，内有纪晓岚七律和绝句汇集成的百首“文昌阁签诗”供问卜者求签用，进京应试的考生们大多到此膜拜。寿昌四年（一零九八年），辽代曾在宫里讲法的慈智和尚（魏镇）圆寂葬于文昌阁院内（没有坟冢）。次年，弟子们在其安葬地旁建了“大悲陀罗尼幢”介绍慈智大师的简历。

立于慈悲庵与陶然亭衔接处

文昌阁院内纪念的石幢

陶然亭有三块名匾，分别是：一，东向敞轩檐下的三字匾“陶然亭”，由齐白石题写，两侧楹联“烟藏古寺无人到 榻倚深堂有月来”原为翁方纲撰写，后为同治和光绪的老师翁同和的墨迹。二，西向敞轩檐下的三字匾“陶然亭”为郭沫若题写“陶然亭公园”中的前三字，两侧楹联“烟笼古寺无人到 树倚深堂有月来”，原本是翁方纲撰写的前述楹联，后由康雍重写；重写时，因何将原上联的“烟藏”改写为“烟笼”，下联的“榻倚”改写为“树倚”，笔者特地咨询：“陶然亭公园文化研究室”，回复是“目前尚无明确答案。”三，亭内西门的两字额匾“陶然”为建亭人江藻亲题，两侧楹联“似问陶然开三径 来与弥陀共一龛”原是林则徐墨迹，后由黄苗子书写。亭内东门两侧廊柱楹联“慧眼光中开半亩红莲碧沼 烟花象外坐一堂白月清风”为康熙十八年进士沈东田题，由现代书法家康雍书写。

亭园内的“兰亭”

王羲之的“兰亭集序”

公园内牌坊正面“陶然”背面“佳境”

窑台简介

亭内南墙有江藻的《陶然吟引并跋》及其族兄江皋的《陶然亭记》、谭嗣同著《城南思旧铭》并序、齐白石《西江月．重上陶然亭望西山》、王昶写的《邀同竹君编修陶然亭小集》等石刻镶嵌（石刻字迹多已模糊）。北墙嵌有民国二十七年（一九三八年）吴佩孚召集北京名流聚会时，请国画家彭八百所作的四幅画的石刻。

在此，流传着齐白石为陶然亭题写额匾的故事。据说齐白石想在陶然亭边买一块墓地，得知慈悲庵主持慈安和尚已经应允后，兴致勃勃到此与面会，亲手送上一百元并题字陶然亭、填词《西江月．重上陶然亭望西山》、作画《达摩面壁图》（实则未葬于此处）。园林内除了慈悲庵和陶然亭，还有黑龙潭、吹台、哪吒庙、刺梅园、祖园、风氏园、窑台等多处历史胜迹。清末，陶然亭一带逐渐荒芜成为墓地，醉郭（“京话日报”报童、天桥“数来宝”艺人郭瑞）、名妓赛金花、六君子康广仁及后来人高君宇、石评梅等均葬于此地。还有杨玉环埋葬宠物的“鹦鹉冢”、葬花的“香冢”等。

一九五二年，有关部门对陶然亭一带的园林进行全面整修辟为“陶然亭公园”。陶然亭西对面的云绘楼、清音阁，是乾隆时期的在中南海为皇帝登楼观赏太液池和写字、绘画、吟诗消遣所建，一九五四年因施工拆除，周恩来与建筑学家梁思成共同选址移建而来。一九八五年在云绘楼南侧建造了占地十公顷的华夏名亭园，内有仿建湖南汨罗纪念屈原的独醒亭、浙江绍兴纪念王羲之的兰亭和鹅池碑亭、四川成都纪念杜甫的少陵草堂碑亭、江苏无锡纪念陆羽的二泉亭、江西九江纪念白居易的浸月亭、安徽滁州纪念欧阳修的醉翁亭、四川眉县魏了翁为纪念苏东坡建的百坡亭、江苏苏州苏舜钦私人花园的沧浪亭，还有园林设计院设计的谪仙亭等，成为园中之园。二零一零年，始于康熙年间、北京最富盛名的厂甸庙会移进公园，同期还增设了多种设施，环境更加适合现代人的需求。现有三湖、七丘和三十多座亭子分布在公园内。陶然亭为我国四大名亭之一，名亭荟萃的陶然亭公园现为国家级AAAA景区。

《世界日报》（上下古今版）2014年4月21、22日连载

| 习俗文化篇 |

白云观庙会景观一二

唐玄宗为奉祀老子，以虔诚的心于开元二十七年（七三九年）在北京广安门外兴建“长天观”，金正隆五年（一一六〇年）遭火灾焚毁，金大定七至十四年(一一六七至一一七四年)重建，泰和二年(一二〇二年)再遭火灾，次年重修更名“太极宫”。元太祖二十二年(一二二七年)于观中兴建“处顺堂”；明初，以处顺堂为中心重建宫观并易名“白云观”，自清康熙四十五年（一七〇六年）起多次重修。宫观建筑分中、东、西三路及后院，规模宏大，被誉为全真道“天下第一丛林”；现为中国道教学院院址和中国道教协会会址。

摸猴的人在道观外排队长达数百米不知拐了多少弯儿

双手一起认真摸

带着沉重的物品远道而来的摸猴者

骑驴、摸猴、打（金）钱眼，抚马、顺星、会神仙为白云观的六趣。传说："神仙本无踪，只留石猴在观中。"石猴是神仙的化身，所以摸石猴最具人气。除了一九八九年重建的窝风桥石碑上新雕的石猴和一九九三年修建的"十二生肖图"中的石猴外，白云观原有三只石猴。第一只在中间山门的东侧，由于经无数次的触摸，石猴表面油光锃亮，样子已经模糊；第二只在山门西侧影壁的底座上，第三只在清道光十四年（一八三四年）所建的"九皇会碑"上。三只猴分别藏在不同位置，有"铁打白云观，三猴不见面。"之说；第二、三只需细心寻找才能见到，如顺口溜所说："山门上的热腾腾，影壁下的冷清清，石碑有猴摸不得，桥边新猴太认生。"

窝风桥桥洞两侧悬挂的大铜钱和桥下地面上的钢板

打金钱眼的人们

白云观外北面不远处与窝风桥相呼应的甘雨桥

庙会摸石猴的习俗从明代延续至今，摸猴的人排成数百米弯曲的长队，不少人半夜就来等候。其中有孩童、怀抱的幼儿、年轻伴侣，还有步履蹒跚的老人，个个怀着美好的憧憬在寒风中不停地搓手跺着脚有序地向前挪动；

专来摸猴的外地人须在京城留宿。石猴旁贴着告示："一下即可"；喇叭里反复播放："摸一下即可，一下就灵！"没人理会广播里说什么，好容易才轮到自己就多摸几遍，左右手轮流摸……从一九八七年恢复庙会以来，因交通等问题曾经停办，但农历年期间专来摸猴的人仍络绎不绝。摸猴的心愿无异于触摸布鲁塞尔广场墙壁上的"幸运女神"雕像，触摸身体某部位，不仅祛除触摸者某部位的病痛还会带来幸运，可见人类的心灵是共通的。据陈旅清道长说，在摸石猴获得吉祥的同时，石猴也会感到温馨舒适，而且"猴"与"侯"同音，摸了猴就意味着能"封侯"。

很少有人知道现在只有路标没有街牌和民居的、因一座小桥而得名的甘雨桥街

桥头石碑的字迹依稀可见

打钱眼与摸石猴是两个互不相干的项目，可是庙会期间凸显了二者的关系。不少原为摸猴来的人，因摸猴的人太多找不到队尾，于是就先混入打钱眼的人群。要说打钱眼必定先说“窝风桥”，其说法有不同版本。有说王重阳于金正隆四年（一一五九年）离家外游，在“甘河”遇仙后出家修道，主张儒、道、释三教合一，创建了道教的分支“全真道”，后世为纪念祖师在观内建了“干(甘)河桥”（桥下无水流）；还有说因北京多风少雨，道观外有一座“甘雨桥”，为与之呼应，清康熙四十五年（一七〇六年）在观内修建了“窝风桥”，象征风调雨顺滋润苍生。另传说京城佛道相峙斗法，元代替身（替皇族出家）僧人斗不过道长邱处机（一一四八至一二二七年），便倚势在白云观西向建一座佛刹“西风寺”，意为西风扫白云，从而使道观香火冷落。白云观针锋相对修建一石桥，取名“窝风桥”，让吹来的西风窝在桥下保护白云，使宫观香火旺盛空前；结果西风寺彻底败北，被迫更名“西峰寺”。

实地考察和采访

窝风桥两侧各悬挂一个有“铜响福兆”四字的大铜钱模型，中间的方孔钱眼内系一小铜钟，人们在桥两侧向钱眼投掷铜钱，击中小铜钟发出声音即为吉利的征兆，这就是“打钱眼”。“文革”期间，失修的窝风桥被拆除改建成防空洞，随着宗教政策的落实得以复原，打钱眼演变成一种娱乐活动，用人民币兑换成圆形小钢板而不再用铜钱。其实庙会期间击中小铜钟的几率最低，投掷者围得里三层外三层，拥挤不堪，没有满意的投掷位置和空间，且多人一起投掷，是谁击中了小铜钟也很难辨别。尽管如此，丝毫不影响参与者高亢的兴致。

《世界日报》（上下古今版）2013 年 4 月 28、29 日连载

附记：作者几乎走遍北京的名胜古迹和寺庙，却不知传说中的“西风寺”位于何处。在距天安门四十多公里的西郊山区门头沟有一座唐代建筑“西峰寺”，但未曾以“西风寺”为名。几经周折，作者了解到位于天安门二十五公里的西南郊长辛店镇有西峰寺的地名，故专程前往长辛店镇政府和处于偏僻地区很难寻找的西峰寺社区以及当地老住户寻访，无一例外答复知道有“西峰寺”而不知道“西风寺”，且没见过何处有寺庙，换言之原应该有的寺庙早已不复存在。那么长辛店西峰寺与门头沟西峰寺是否有关联？社区工作人介绍，传说明清时期长辛店是进京途中的驿站，在进京人员中不乏僧侣慕名到门头沟西峰寺、潭柘寺、戒台寺等著名寺院修行，行至长辛店西峰寺落脚修心养性，进一步开阔眼界提高学识，期盼被选入门头沟西峰寺等著名寺院。据此传说，长辛店西峰寺应该是被迫更名的西风寺。

另，“甘雨桥（街）”因一座“甘雨桥”而得名，但因街区改造，居民迁往他处，民宅不复存在。甘雨桥街没有路牌，很少有人知道具体方位，过桥的行人也不知脚下就是甘雨桥。

三月三蟠桃宫庙会

周代民间已有春季在水边举行沐浴、饮酒等除灾祈福的祭祀活动，即“水滨祓禊”。后来由朝廷专派女巫主持活动，把“水滨祓禊”定为假日，春秋时期已广泛流行。汉代把农历三月上旬的巳日确定为“上巳节”，由此“水滨祓禊”延续下来。因上巳日多逢农历三月初三，故上巳节俗称“三月三”。

北京明城墙遗址

社区改造后记中介绍蟠桃宫庙会盛况

原蟠桃宫庙门前的石碑（2011 年建亭）石碑上刻字“护国太平宫碑”

关于三月三的说法很多，据“三月三生轩辕”的说法，三月三是黄帝的诞辰日，周代郑国名相子产为此发起登具茨山（中岳嵩山余脉）的朝拜活动，后来形成民俗，把三月三定为“轩辕节”。豫东一带把上巳节追溯到更早的伏羲氏，认为伏羲太昊是“人祖爷”，在其都城和长眠地淮阳建有“太昊陵”，三月三为太昊陵庙会。三月三日也是道教真武大帝的寿诞，各地的道教宫观都要举行盛大的法会。东晋穆帝永和九年（三五三年）三月三日，王羲之等数十位文人在浙江绍兴的山阴兰亭水边聚会，将酒杯放在河里顺流而下，酒杯漂到谁面前，谁就作诗一首，最后编成诗集，王羲之为诗集作序《兰亭集序》，成为天下第一行书的不朽之作。唐代三月三是隆重节日，长安城的达官贵人和家眷都会聚城郊的水边戏水洗涤，因有众多美女洗浴，浓郁的脂粉香气在河水里飘荡，杜甫的《丽人行》：“三月三日天气新，长安水边多丽人。”简要概括了这一景观。

北京崇文门外东便门内的“蟠桃宫”建于明代，是一座供奉王母的道观。三月三是王母的生日，王母以蟠桃（仙桃）宴请众仙在瑶池举行盛会。除了有六千年或九千年才结一果的仙桃，王母手里还有仙丹；吃了仙桃或仙丹即与天地同寿（汉代文学家东方朔潜入蟠桃会偷吃了仙桃而成为仙，嫦娥偷吃了丈夫后羿从王母那儿弄来的仙丹后飞上月宫），从而称其为“福寿之神”。

京城东南角为全国重点保护文物单位

自从有了蟠桃宫，每年三月初一至初三都要举办蟠桃宫庙会，自蟠桃宫起向西沿护城河南岸布满茶棚、货摊、小吃摊等，打把式、卖艺、摔跤、杂技、变戏法、说书、相声、跑马戏等天桥的所有的游艺项目全部搬到这里。“拴娃娃”的人手腕上缠着红绳赶在三月三到蟠桃宫，上香跪拜后拴住一个殿前摆放的泥娃娃带回家，以求生子。清得硕亭的《京都竹枝词》中写道：“蟠桃宫里看烧香，顽要沿河日五长。童冠归来天尚早，大通桥上望漕粮。”和杨静亭的《都门杂咏》中：“三月初三春正长，蟠桃宫里看烧香；沿河一带风微起，十丈红尘匝地扬。”都描绘了庙会的盛况。

我少儿时期，每逢庙会跟随家长乘两站有轨电车到崇文门，再骑毛驴沿护城河北岸东行到东便门，跨过小桥就是蟠桃宫。在宫里转一圈后就混在熙熙攘攘的人群中观看各种表演、参加游戏、买小吃。我的母校汇文中学在崇文门内东侧临近崇文门城墙，如果庙会赶上星期天或平日课程不多，就自己跑去看热闹。传统庙会除了抗日期间战乱的一九四二和四三停办两年外，延续了数百年至一九六一年终止，一九六五年护城河改为暗河，蟠桃宫于一九八七年因修路和社区改造而拆除，只留下一尊乾隆年间立在庙前的“护国太平宫碑”，二〇一一年建了一座六角亭，将石碑笼罩在亭中。二〇〇七年，停办四十一年的北京蟠桃宫庙会在明城墙遗址旁恢复，京城又增加了一个没有庙的庙会，作为象征的只有隔路相望的那尊护国太平宫碑。现代庙会期间，附近是拥挤的汽车，以骑驴代步已经绝迹。庙会看似轰轰烈烈，但远不能与昔日的氛围相提并论。

清代蟠桃宫庙会

1950 年代（取自网络）

1950 年代拉洋片（取自网络）

现代

三月三是中华多民族的节日，不同地域、不同民族对三月三有不同的概念，举行各式各样丰富多彩的活动，笔者认为把三月三定为“中华民族旅游日”是个绝好的建议。

《世界日报》（上下古今版）2013 年 5 月 22、23 日连载

附记：据传上世纪四十年代以后，曾有被称为“八大贤人”的八位先生为举办每年一度的蟠桃宫庙会出资支持。如庙会有盈余则归蟠桃宫所有，若有亏空则由八位先生出资弥补。笔者在蟠桃宫遗址“护国太平宫碑”附近寻访时遇一路人，恰为八位先生之一的子嗣。抗日期间庙会曾停办两年的信息便出自该人之口。

腊八节和腊八粥

我国秦代以前就有“腊八节”了，晋代已广泛流行，农历腊月初八成为祭天地、祭祖先、祭神农等的日子，裴秀《大腊》：“日躔星记，大吕司晨。玄象改次，庶众更新。岁事告成，八腊报勤……”充分描述了晋代祭腊的情景。杜甫《腊日》：“腊日常年暖尚遥，今年腊日冻全消。”和顾梦游《腊八日水草庵即事》：“晴腊无如今日好，闲游同是再生身。”等诗句都是咏诵腊八节的。

喝腊八粥的民俗始于宋代，宋吴自牧《梦粱录》：“八日，寺院谓之‘腊八’，大刹寺等俱设五味粥，名曰‘腊八粥’。”明解缙等《永乐大典》：“是月八日，禅家谓之腊八日，煮经糟粥以供佛饭僧。”清代喝腊八粥已很盛行，有歌谣说：“孩子孩子你别馋，过了腊八就是年。腊八粥，喝几天，哩哩啦啦二十三。”乾隆九年（一七四四年），康熙所建的府邸雍和宫改为藏传佛教寺院，每逢腊月初八院内的大铜锅在喇嘛僧人诵经的同时熬粥。第一锅奉佛，第二锅赐给太后和皇后，第三锅赐给诸王和大臣，第四锅赐给寺庙喇嘛和侍从，第五锅施舍。这天，民间百姓先祭祖，然后全家人聚在一起喝腊八粥。

咏诵腊八粥的诗作不胜枚举，诸如道光帝《腊八粥》：“一阳初夏中大吕，谷粟为粥和豆煮。应时献佛矢心虔，默祝金光济众普。盈几馨香细细浮，堆盘果蔬纷纷聚。共尝佳品达沙门，沙门色相传莲炬。童稚饱腹庆州平，还向街头击腊鼓。”周家楣《光绪顺天府志》：“每岁腊月八日，雍和宫熬粥，定制，派大臣监视，盖供上膳焉。”夏仁虎《腊八》：“腊八家家煮粥多，大臣特派到雍和。圣慈亦是当今佛，进奉熬成第二锅。”等等。

腊八粥也叫七宝粥、五味粥，品种繁多。北京人做腊八粥比较讲究，初七晚上就把枣、栗子、杏仁、松仁、莲子、榛子、核桃仁、桂圆、白果、葡萄、菱角、青丝、红豆、玫瑰、花生等备好，半夜开始与大米一起下锅煮，再用微火熬到天亮。有些地方熬粥的配料有萝卜、木耳、青菜、茨菇、荸荠，还有放肉的。我国地域广博，各地风俗不同，腊八粥的配料也五花八门，南宋周密《武林旧事》、明刘若愚《明宫史》、兰陵笑笑生（蔡荣名）《金瓶梅》、清顾禄《清嘉录》、曹雪芹《红楼梦》、富察敦崇《燕京岁时记》等都提到各自的腊八粥配方，综合各地的配料多达数十种（清曹燕山《粥谱》充分肯定了八宝粥的营养价值）。

各地腊八粥的寓意不同，除了祭祖，还有供奉粮仓、寄托哀思、祈求长命百岁的，有敬财神、门神、土神，祈求风调雨顺的。有的地方还把粥给家禽吃或涂在门上、墙上以图吉利，涂在果树上以求多结果实。北方谚语说："腊七腊八，冻掉下巴（冻死寒鸦）。"吃腊八粥可以御寒，送给穷人吃可为自己积德。一些地方有岳父请新女婿吃粥的风俗。

腊八节各寺院舍粥

民众排长队领取

民间各色八宝粥

喝腊八粥的起因，有人说秦代修长城时民工要自带口粮，有的因家离得太远而常年不回，家人又不能及时送粮以致饿死。一年腊月初八，几个无粮的民工合伙凑了几把杂粮煮成稀粥喝，结果还是饿死了，后人每到这天熬杂粮粥缅怀追思。有人说晋代有老两口留下家产，儿子和媳妇好吃懒做败了家，腊月初八家里断了粮，邻人煮一锅杂合粥给予接济，此举让小俩口改邪归正勤劳致富。后人以此告诫子女，每到腊月初八熬粥。有人说岳飞腊月初八在朱仙镇与金军交战时断了粮，百姓熬粥相助，岳军喝了百家粥后大获全胜，后人腊月初八熬粥纪念。还有人说朱元璋曾受难被关押几天没饭吃，腊月初八这天忽见一老鼠洞口有各种粮食，于是拿来煮粥吃。当了皇上后，在腊八这天命侍从用各种粮食熬一锅糖粥请下属喝，朝中官员纷纷效仿传到民间等众说纷纭。

腊八也是佛教的盛大节日，据说释迦牟尼出家修行六年毫无收获，饿得骨瘦如柴难乎为继，一牧羊女以杂粮和野果用清泉煮一碗粥给他吃。释迦牟尼吃完粥，在菩提树下打坐七天后终于在我国腊月初八悟道成佛。佛教传入我国后，各地佛寺在腊月初八行浴佛会诵经，并用谷物果实等熬粥供佛，并赠予门徒和信众喝粥纪念佛祖。据说有的寺院僧人初八以前沿街化缘，把收集来的米、果、枣、栗等煮成佛粥发给穷人。陆游《十二月八日步至西村》：“今朝佛粥交相馈，更觉江村节物新。”说的就是这一场景。有人对此提出质疑，认为古印度历法与我国不同，释迦牟尼成佛的日子并非我国的腊月初八，不能以此作为喝腊八粥的源头。

腊月初八除了喝腊八粥，还有吃腊八饭、腊八面的，南方有的做腊八豆腐等。另外北京有谚语：“腊八粥、腊八蒜，放账的送信儿，欠债的还钱。”腊八是商户结帐日，也是民间清算借贷还钱日，欠债的人家忌讳“腊八算”，借同音字用醋泡腊八蒜，北方地区广泛流行。腊八醋腊八蒜作为三十晚上及以后吃饺子的调料。有些地方腊八忌食蔬菜，否则农田多长杂草。有些地方年轻人在腊八争相抢着理发，因为“正月理发死舅舅”。还有的在腊八举行击鼓驱疫的巫术活动等。

每一个传统节日都有很多具有神秘色彩的传说，有的甚至缺乏逻辑性，但并不影响民众过节，更不影响过节的喜庆气氛。腊八节是我国的重要节日之一，不管各地过节的方式差别多大，也不管熬粥出自何种缘由和用什么配料，过腊八节、喝腊八粥的习俗延续了几千至今未变。

《世界日报》（上下古今版）2014 年 1 月 15、16、17 日连载

二十三糖瓜儿粘

“二十三糖瓜儿粘，二十四扫房土，二十五糊窗户，二十六去买肉，二十七宰公鸡，二十八把面发，二十九蒸馒头，三十晚上坐一宿，大年初一庙会走。”这是广泛流行于我国民间的歌谣，特别是孩子们一到腊月二十三就唱：“二十三糖瓜儿粘，灶王老爷要上天。”盼望着尽早吃到糖瓜儿。

所谓的“糖瓜”和人们常说的“关东糖”都是麦芽糖，做成像瓜样的扁球形叫糖瓜，做成棒棒样的长条形就叫关东糖。香酥脆甜的糖瓜儿，平时在市面上见不着，只有在腊月二十三前后才能买到。

形如瓜样的麦芽糖称为“糖瓜”

通常称棒棒样的麦芽糖为“关东糖”

餐馆人员和民众家祭灶（取自网络）

晋代称麦芽糖为“胶牙饧”，白居易《七年元日对酒五首》：“三杯蓝尾酒，一碟胶牙饧。”又在《岁日家宴戏示弟侄等兼呈张侍御二十八丈殷判》中说：“岁盏后推兰尾酒，春盘先劝胶牙饧。”把麦芽糖与美酒相提并论。

早在夏代民间就有灶王爷的说法，周《庄子·达生》、晋《抱朴子·微旨》、齐《礼记·礼器》等都有相关的记述。宋范大成《祭灶词》：“古传腊月二十四，灶君朝天欲言事。云车风马小留连，家有杯盘丰典祀。猪头烂熟双鱼鲜，豆沙甘松米饵圆……”自明代起糖瓜成为祭灶的供品。

一种灶王爷和灶王奶奶画像

上联在右（显然横批写反了）

祭灶有“官三民四船家五”的说法，即官府在二十三、一般民家在二十四、水上人家在二十五，按传统大多在二十三。这天太阳一落山，主人在鞭炮声中焚香点蜡，端出糖瓜等供品摆在灶土爷像前，施礼祈祷：“上天言好事 下界保平安”等类似的话，然后从灶龛或墙上取下灶王像点燃焚烧。农村，有的在院子里铺上芝麻秸（灶王爷走在上面会发出响声）等，连同纸马、草料一起点燃，一家人围着火边叩头祷告：“今年又到二十三，敬送灶王上西天。有壮马，有草料，一路顺风平安到。供的糖瓜儿甜又甜，请对玉皇进好言。”仪式完毕后孩子们抢着分吃糖瓜。祭灶的氛围隆重热闹，所以把二十三祭灶看作过年的开始，称为过小年。送灶时，可能会遇到结伴的乞丐推门入户（特别是大户），用唱送灶歌、跳送灶舞烘托主人家祭灶的气氛，主人对此并无反感。各地各户祭灶的程式繁简不一，供品也无定数，但唯有糖瓜是绝不可少的。

灶王爷吃了糖瓜嘴甜能多说好话；糖瓜的粘合力很大，可以粘住灶王爷的嘴少说坏话。有的在祭灶时先把糖瓜涂在灶王像的嘴上，边涂边祈祷；还有人给画像涂上酒糟，使灶王爷醉意朦胧不敢乱说话等。腊月二十三送走了灶王爷，三十再举行简单的接灶仪式，把新请来的灶王爷像贴在原处。民间祭灶程式并无严格规定，但有“男不拜月，女不祭灶。”的说法，因为灶王爷是个美男子，穿的又单薄，特别是年轻女子祭灶有男女之嫌。

灶王爷是传说中的灶神，也称灶君等，为一家之主。其画像有的是单一的灶王爷，有的是一男一女并坐称为灶王爷和灶王奶奶，有的还配上祈盼的对联。腊月二十三祭灶妇孺皆知，但灶王爷究竟从何而来却无人知晓。在版本繁多的故事中其一说，灶王爷是犯了错的一颗星，被玉帝贬到人间充任东厨司命，坐在灶前记录民间善恶，每到腊月二十三深夜到天庭汇报人间功过，三十晚上再返人间，按玉帝的旨意定人祸福。二说张大张二兄弟俩，张大是砌锅台垒厨灶的高手，张二是画师。张大在垒灶时还能调解家庭纠纷使人和睦，被人尊称“张灶王”。一年腊月二十三张大去世，后来兄弟俩的晚辈多人长期争吵不休，张二面对混乱的局面束手无策，在乱哄哄中苦熬了一年。在张大祭日这天，张二想起了张大曾被人称张灶王，于是在深夜画了一张他的肖像悄悄贴在灶房，又在锅台上放好点燃的蜡烛，然后把所有的晚辈叫到画像前对大伙说：“我兄长托我做了一个梦，说他成了仙，玉帝封他为灶王；你们整天争吵闹得家神不安，他很生气，今天显灵准备禀告玉帝，三十晚上来惩罚你们。”在烛光闪动下，张大的容貌在黑糊糊的灶壁上若隐若现，人们惊恐跪地磕头求饶，从此全家安宁度日。邻人们得知此事都请张二画灶王像，如此传开，祭祀灶王成了风俗。三说灶王本名张大郎，本性蛮横无情，对妻子非打即骂，后将妻子赶出门家。大郎挥霍无度，家产很快一空，只好行乞度日。一年冬天，大郎讨饭来到一座尼姑庵领舍粥，挨到时粥已舍完，又冻又饿的他晕倒在地；小尼姑急忙通报师太，师太命人把大郎抬进尼姑庵，亲手做一碗热面条给他吃。大郎睁眼睛一看，原来是被自己逼走的妻子，感到无地自容，一下子钻进熬粥的灶房。此后，大郎开始帮尼姑庵烧火熬粥，施舍天下劳苦大众。玉帝得道此事，封他掌管各家灶房事务，从此被人称为“灶王爷”。四说玉皇的小女随王母下凡人间视察民情时爱上一个烧火帮厨的小伙子，玉皇为此很生气，不准小女再返天庭；在王母求情下，玉帝把灶王的职位赐予女婿，从此，人称其为“灶王爷”，小女成了“灶王奶奶”。另外还有灶王就是钻木取火的燧人、掌祭火星的火官等七说八说不一而足。

说来说去，已经祭祀几千年的灶王爷到底出自何处仍不清楚，贴灶王像的习俗也为现代城市人渐渐淡漠；尽管如此，腊月二十三糖瓜粘，用糖瓜祭灶王爷上天的习俗却没有淡出人们的记忆，吃糖瓜的传统也未离我们远去。

《世界日报》（上下古今版）2014 年 1 月 20 日刊载

正月不剃头

传说一个贫穷的剃头匠很爱自己的舅舅，可是到了正月却没钱给舅舅买礼物。正在为此发愁时，他突然想起一个办法，挑着剃头挑子到家给舅舅剃头刮脸。当舅舅出现在亲朋好友面前时显得精神焕发，好像年轻了许多，人们都称赞剃头匠的手艺。舅舅听了很高兴，心里说这是外甥送给自己最好的过年礼物。此后舅舅约定每年正月让外甥剃头。后来舅舅过世了，剃头匠每到正月对着剃头挑子伤心落泪，从此有了“正月剃头思舅舅”的说法，传来传去成了“正月剃头死舅舅”，从而形成了正月不剃头的习俗。

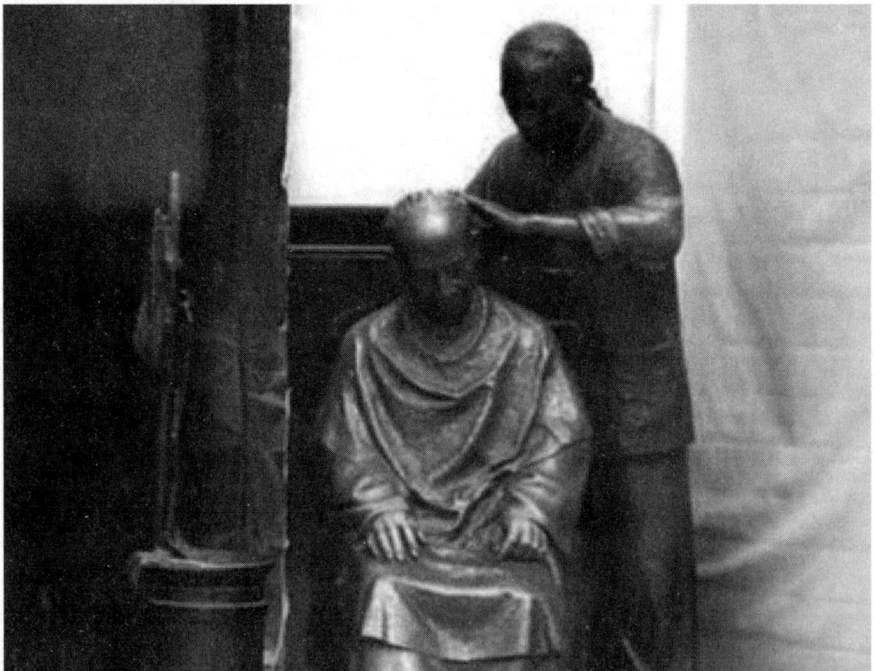

清代男人的发式

其实，正月不剃头的说法是有历史原因的。清代以前的汉人男子有蓄发的传统，头发受之父母被视如生命，去发意味着犯了砍头罪。清政权为满族人所建立，需靠归降的汉人夺取天下，入关以前已有很多汉人在朝为官，为此曾经颁发诏书明确宣布“文臣衣冠暂从明制”。顺治元年（一六四四年）清军入关，随着兵势的日渐强大消灭了明朝的主要抵抗力量，为贯彻“削平四周，留守中原”统一天下的方略，顺治二年在盛京（沈阳）发布《剃发诏书》：“向来剃发之制，不即令划一，姑听自便者，欲俟天下大定，始行此制耳。今中外一家，君犹父也，民犹子也，父子一体，岂可违乎，若不统一，终属二心。自发布告之后，京城内外限旬日，直隶各省地方，自部文到日，亦限旬日，为惜发争留，决不轻贷。”强迫汉人十天内一律与满人一样剔去外周的头发，仅留中间的一点儿梳成辫子。政府召集所有的剃头匠，给每人发一根挂着圣旨的旗杆，写着“留头不留发，留发不留头”的警语奉旨剃头。此举引起人们的广泛不满，认为剃头是对人格的莫大侮辱，特别是遭到江南民众的极力反对，以致发生军民为保卫头发而拼死斗争的事件。如浙江嘉定（现隶属上海）明朝旧部左通政使侯峒曾和进士黄淳耀集结数万军民，誓死留发与城共存亡，最终峒曾投水、黄淳耀自缢，全城二十万人战死（历史上著名的“嘉定三屠”）。江苏省江阴镇推举明旧部小吏阎应元指挥百姓对抗剃头令八十天惨败，留在城楼上的对联是：“八十日带发效忠，表太祖十七朝人物。十万人同心守城，留大明三百里江山。”另如，明大学士瞿式耜与兵部侍郎张同敞一起被清所俘，二人每天对诗，其中一首：“从容待死与城亡，千古忠臣自主张。三百年来恩泽灭，头丝犹带满天香。”多尔衮曾亲自提审明使臣左懋第问：“你为何不肯剃头？”左懋第回答：“头可断，发不可断！”天启年代进士、翰林院侍读孙之獬是降清后第一个剃发留辫、衣冠满服的汉人大臣，后被清除还乡，义军（民间组织）攻进他家将其辫子剪下游街示众被处死。崇祯年代进士陈名夏降清后做了官，顺治十一年（一六五四年）被弹劾处死，罪状之一就是说过：“留发复衣冠，天下即太平。”

现在仍有个别男性沿袭清代以前的发式

以上事实不仅说明人们对剃头令的抵制心理，同时反映了民众心灵深处存在着强烈的思旧意识。大明江山由清政权取代的现实摆在民众面前，民间抵抗剃头令已造大规模的流血事件，弱势的百姓只能在每年年首以“正月不剃头，正月剃头死舅舅。”的说法寓意“正月不剃头——思旧”，并形成习俗而广泛流行。时至今日，大多年轻人仍遵循正月不进理发馆的传统，宁愿在腊月初八或二月二龙抬头的一天去排队理发，以致除了过年因素外，大多理发店正月的生意都很冷清，甚至关门歇业。

《世界日报》（上下古今版）2014年2月20日刊载

| 综合篇 |

窑洞乡邮所

医学院毕业后，我的第一个工作单位是在黄土高原深处的一所乡卫生院。来到卫生院的第二天一早，第一件事就是把我夜间写给家人、朋友的信件发出去。

这里的人不住房子，而是选择在向阳背风土质较好的山坡上挖窑，无论是乡民居住还是单位办公全部在窑洞里。信用社、储蓄所、商店、粮站、小学校、兽医站、拖拉机站和我们卫生院等等所有的乡属单位均参差错落在一个土山包上。因为挖窑之前首先要开辟一块略凸向山体的平地，再把挖下来的土运出来铺垫在平地外缘，所以窑洞外面都有一块敞开的平台。

离开卫生院沿小径向上攀登约三十米就是有八九孔窑洞的乡政府所在地。穿过窑洞前的平台再沿坡道继续上行，没多远又有一个小平台，这里坐落着一孔特殊的窑洞——乡邮所。

一个三十出头的人正在门前扫地，一见面我们互相客气地打了招呼。他知道我是卫生院新来的医生是来发信的，于是热情地把我引进窑门。我问他往北京发信大概要多长时间能收到，他所问非所答地说，如果时间赶得合适三四天就能到县城，时间不对就得等十几天。听了他的话我感觉很诧异。从眼神中他看出了我的疑惑，没等我开口就主动向我介绍了乡邮所的情况。

目前县邮局用骡子作为交通工具，全县有二十多个乡，邮差和骡子分为四路轮流往返在各乡，每个邮路大概隔一周时间轮一回。轮到这条邮路时，邮差沿途收发邮件需要三天时间，再从这里回县城又走三天。

听了他的介绍，我对乡邮所和他本人很感兴趣，在我的询问下，他进一步介绍了情况。全乡东西宽五十多里，南北长一百多里，境内除了纵横交错的沟壑就是起伏绵延的山峦，窑洞人家稀稀落落散布在各处，总共被划归为十几个行政村。一般来说山区民众没有邮件，但各村委会经常有书信来往，还有报纸等需要传送。他本人兼管收发信件、分发报纸和接听并传呼电话等，另有一名乡邮员每天骑邮政专用自行车往返各村。

乡邮所旧址（砖包墙时候来加的）

机关单位办公窑有窗子

发完信，我沿着来时的坡道缓缓下行，走着走着心里一热瞬间勾勒出一幅幅乡邮所特别的画面。后来我对乡邮所有了全面了解。乡邮所设立于一九五六年，接待我的人就是乡邮所的创始人和首任所长，至今已逾十年。

其父母妻子在距此三十多里的家中务农，唯一的窑洞是他生活起居、办公和对外接待顾客的场所；一年四季没有固定休息日和上下班时间，时而于傍晚起程回家与亲人团聚，次日上午匆匆赶回单位。另外还了解到，这里人出门办事除了靠两条腿就是骑毛驴和赶架子车，全乡唯一的一辆自行车是乡邮员的最宝贵的交通工具，但在乡间邮路上很少有长达百米的平整路面可行，所以有时是人骑车更有时是车骑人。

作者与乡镇窑洞老人

民居窑窗子很小，大多在窑门上方开一个采光的小孔而没有窗子

平时乡邮所的工作量不大，但业务种类繁杂。比如发电报时，所长必须用手摇电话机接通县邮局转发；如果接收电报，须对照汉字译码的小册子译成文字交给收报人。几个山外人相继来到乡属各单位工作，不仅增加了书信、电话、电报的数量，还有邮递物件、订阅杂志等业务给乡邮所额外增添了不少麻烦。

只有一孔窑洞的乡邮所是绝不可缺少的；它不仅肩负着政令上传下达的重任，我们期盼与亲友交流的一切讯息、不断获得新知识、了解国内外大事等无一例外均有赖于乡邮所，是与我们生活息息相关寄予无限深情的单位。

有一天我惊喜地收到从北京寄来包裹，在包裹单上签了字，大步流星回自己的窑洞急切地打开包裹，哇天哪！有一双毛皮靴子，靴子里有一包大米和用玻璃纸包装的芝麻酱，还有纸包着的一个腌芥菜疙瘩。大米和芝麻酱的包装全部破裂，混在一起浸在皮毛里。按说这几样东西是不能在一起邮寄的，不知怎么混过了邮局收件人的检查，以致酿成让人哭笑不得的尴尬事。

几十年前发生的桩桩小事以及那小小的窑洞乡邮所，在我的脑海留下了抹不去的印记，让我永远也忘不了那只有一孔窑洞的乡邮所……

《世界日报》（上下古今版）2012 年 4 月 6 日刊载

夜光杯

“夜光杯”是由酒泉玉制造的一种精致酒器，且产于甘肃省酒泉，故亦称“酒泉夜光杯”。酒泉位于河西走廊祁连山北麓，夜光杯的材料是祁连山蕴藏的优质玉石，故酒泉玉又名祁连玉。酒泉玉质地精细，纹理天然，制作成杯子要经过几十道工序的精雕细作、巧工琢磨。杯子晶莹剔透、杯壁薄如纸张，在晚霞或皓月当空的映衬下有如光明夜照，故称之为“夜光杯”。

众所皆知，在甘肃有“金张掖、银武威”的说法，而在这六个字的后面还有“玉酒泉”三个字却鲜为人知。其实，无论是“金张掖”还是“银武威”之说，并非因“张掖”和“武威”两地盛产金银，只是赞誉该地域的富饶和肥美；酒泉是真正盛产玉的地方，唯有“玉酒泉”才名符其实。

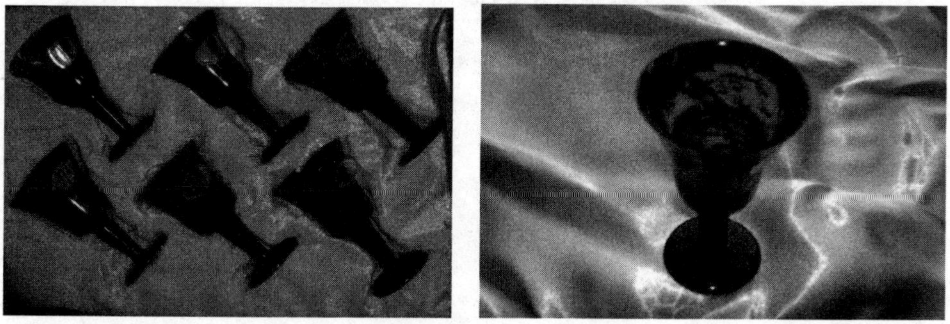

晶莹剔透的夜光杯有很多种

酒泉玉虽不能与和田玉、岫玉、独山玉和蓝田玉等四大名玉齐名媲美，但早在汉代酒泉就是有名的河西四郡之一，积淀了厚重的西域文化，况且用酒泉玉制作的富有浓浓诗意的夜光杯久负盛名，堪称民间艺术瑰宝、中华的一绝，所以早就有“酒泉美玉甲天下”之说，故被纳入我国的名玉之列，排名第五。

“夜光杯”缘何得名有不同的说法，一说二千八百多年前正值西周第五代帝王强盛时期，位于西域的藩属国得知周穆王姬满酷爱饮酒，故投其所好特派使者将酒泉玉制作的酒杯作为礼物敬献朝廷，以求与周共享和平盛世。姬满接过侍者斟满葡萄酒的杯子，在月光下见酒水波纹粼粼奇异甚是高兴，遂称其“夜光杯”。另据东方朔《十洲记》载，周穆王姬满应王母娘娘之邀赴瑶池盛会，宴席间，王母娘娘馈赠姬满一只碧光闪烁的酒杯，即“夜光常满杯”。姬满如获至珍，爱不忍释，夜光杯从而扬名。唐代诗人王翰的七绝《凉州词》曰：“葡萄美酒夜光杯，欲饮琵琶马上催。醉卧沙场君莫笑，古来征战几人回！”诗词告诉我们，要把葡萄美酒斟在夜光杯里畅饮，味道才会更加浓郁，情趣也更加盎然；诗作充分揭示了夜光杯的魅力。从此《凉州词》与夜光杯珠联璧合，诗作以夜光杯留名千古，夜光杯因诗作而添色增辉。

酒泉玉的种类很多，制作的夜光杯有传统夜光杯和仿古夜光杯两大类，形态、质地、纹理、色泽多种多样别具一格，既有实用价值又可作陈设观赏。据传，家中藏有夜光杯还能驱邪免灾，是先人给我们留下的宝贵文化遗产。

《世界日报》（上下古今版）2012 年 6 月 29 日刊载

义乌小商品城的发迹

笔者为观察某药物的临床疗效于二〇一一年多次南下，对义乌和义乌人有了较深入的了解。义乌因何成为世界闻名的小商品城？要说义乌的发迹，必然谈及一个古老的“鸡毛换糖”的故事和一位被誉为小商品市场的开拓者、现代开明人士谢先生。

夏商时期义乌为“天下九州”扬州的属地。秦代置乌伤县，唐代改称义乌县。虽然义乌已有二千多年历史，但一直是个农业小县，县域七山二水一分田是个贫穷的地方。因地少人多，且土壤为高酸性不适种植，以致民不聊生。自清乾隆年间就有不少人为了生计在农闲时手持拨浪鼓、肩担竹筐走街串巷做“鸡毛换糖”的小生意，人们称这些独特的生意人为“敲糖佬”。听到他们“鸡毛换糖啰！”的吆喝声和拨浪鼓声，换糖的人纷纷拿着废品走出门。

明末清初，义乌就有了榨糖业，将糖蔗榨出的蔗糖再加工成红糖饼，民众可以用鸡毛等废品换取敲糖佬手中的红糖饼。敲糖佬把质量上乘的公鸡毛转卖出去做鸡毛掸用，质量差的鸡毛捣碎与泥草混在一起加工成球形的碱性肥料，适时塞进稻秧的根部，以改善其生长环境。废品既可生产肥料一举两得。“百样生意挑两肩，一副扁担十八变，翻山越岭到处走，混过日子好过年。”就是早年间敲糖佬艰辛从业的真实写照。

在统购统销的六七十年代，商品极度缺乏，小商品尤为突出。一九八〇年有些走街串巷的敲糖佬偷偷在街道边摆出了小摊，在处于封闭时代观念守旧的人看来，弃农经商是不务正业，是搞投机倒的二道贩子，为社会主义所不容。出现这种情况给县政府官员造成了极大压力，不得不采取驱赶、围堵、罚款等处理措施，但用尽了办法不仅没有效果，摆摊的人反而有增无减，成为县政府棘手的一大难题。

小商品市场的开拓者、现代开明人士谢先生，因其咨询健康问题，笔者有幸与他会了面。谢先生体质消瘦个子矮小，但头脑灵活视野开阔，敢作敢为敢当风险；现虽已退休，但已为远近名人，常有多方来客登门拜访。

一九八二年刚到义乌县政府上任的谢先生遇到一个要讨说法的摆地摊的敲糖佬，质问不允许摆摊做生意的原因，此事给谢先生以极大震撼。经过深入调查和反复讨论，谢先生肯定了“鸡毛换糖”是正当的生意。他认为，义乌县农民素有做生意的传统，应因势利导把这个传统转变为发展经济的优势和动力。于是作出决议开放义乌小商品市场，同时提出“允许农民进城经商，允许长途贩运，允许城市市场开放，允许多渠道竞争”等政策。

20层写字楼拍摄义乌

左三为义乌小商品市场开拓人，左四作者

第十七届义乌国际小商品交易博览会外景及展厅

当年虽然中央已提出改革开放的决策，但思想已禁锢多年的人们对此广泛存在歧义和争论，形势不够明朗，人们缩手缩脚裹足不前。义乌县政府顶着巨大压力、冒着被扣上“走资本主义道路”的大帽子作出开放市场的决议是有极大风险的。

开放市场的决策，使鸡毛换糖的小生意雨后春笋般地发展起来，从而义乌人民的生活水平大幅度提高。精明、勤奋、坚韧的义乌人有其独到的经营理念，对一件商品只赚一分钱的生意也不放弃，流量大照样获得丰厚的利润。是义乌精神造就了非法的小地摊发展成小商品市场，并逐渐演变为全球最大的小商品流通中心，今年第十八届义乌国际小商品交易博览会将如期举办。

义乌小商品市场品种全、价格低、信息灵，吸引了众多的海内外客商。目前小商品已出口到美国、日本、德国等五大洲的一百二十个国家和地区，有十多个国家和地区近七千名外商在义乌安营扎寨。不过三十年时间，义乌已从贫困的小县一跃发展为二百多万人口的城市。其中外来人口超过一百万，国内有四十多个民族人员在义乌立足，已于一九八八年设为县级市，不久将有望设立地级市或设为经济特区。

据悉，义乌市政府已做出决议，在谢先生谢世后，将于义乌的显要位置矗立起他的铜像，以永远纪念这位开明的、远见卓识的、义乌小商品市场的开拓者谢先生。

《世界日报》（上下古今版）2012 年 8 月 12 日刊载

围棋与烂柯山

围棋古称为“弈”、“烂柯”等，究竟起自什么年代说法有别。“棋”就是中国古代琴棋书画四大艺术中的围棋。据“尧舜以棋教子”的说法，夏商之前就有围棋了。有人认为尧舜处于原始社会末期，创造出如此复杂的科学、艺术和竞技三为一体的围棋是有困难的，所以认为应起源于西周，春秋战国时期已在社会广上泛流行。

考古学家在甘肃原始社会末期、河北东汉、湖南唐代、内蒙辽代等古墓的随葬品中，分别发现陶罐上划有十道线、十二道线类似围棋盘的图案、纵横各十三道线和十五道线的围棋盘和黑白棋子，说明在原始社会已具围棋的雏形和由简而繁的发展过程。围棋传到日本和朝鲜半岛以后，在日本得以迅速发展，所以有“中国是围棋的生母，日本是围棋的养母”的说法。

道书中称为“青霞第八洞天”

洞的一侧石壁上镌刻着“天生石梁”另一侧是“烂柯仙洞”

毫无疑问，中国是围棋的故乡，但有日本人却否认这一事实，认为围棋与象棋同起源于中亚，是当地一种“盘戏”，后来传到西方成为国际象棋，传到东方演变为十六道的围棋。熟悉历史的人都知道，所谓的中亚“盘戏”出现于汉武帝建元二年（元前一三九年）张骞开辟丝绸古道通使西域以后，显然是东西频繁交往的结果。

“弈”即棋，特指围棋，又因何称为“烂柯”？这就涉及到“烂柯山”了。烂柯山又名“石桥山”等，位于衢州市东南十公里处，是浙江省重点名胜景区，被誉为“围棋仙地”。

“柯”是斧子的把柄，烂柯就是腐烂了的斧子把柄。要了解山的名字如此怪异令人费解的原因，就要讲一个神奇故事。传说晋时一青年樵夫王质到石桥山砍柴，见山洞内两个童子对弈，便把砍柴斧子放下坐在他们身边观阵，直到太阳西斜一盘棋还没下完。王质本想向童子请教棋艺，突然不见童子的身影，这时他想自己也该回家了，回头一看砍柴斧子的把柄已经腐烂。王质走出山洞看到的一切面目皆非，一路打听才回到村，但所见之人都不相识。他询村民问王质家在什么地方。人们告诉他，听说原来有一个青年王质上山打柴一去不返，他的父母早已过世，家住何处无人所知。这时他才悟道“山中观棋方一日，世上变迁数百年。”其实太阳一直悬在空中是仙人有意所为，王质也已成仙。北魏郦道元《水经注》中有与传说类似的记载。《衢州烂柯山》诗：“烂柯残棋未遍局，山下移日千载西；樵童抚柯欲返居，无奈风蚀归烂泥。”也概括了这个故事。此后人们便把石桥山称为烂柯山，并视烂柯山为围棋的发源地，“烂柯”也成了围棋的别称。观棋烂柯的典故盛传于世，据说围棋界不少名家均到烂柯山游览拜谒。

青霞第八洞天内巨大的围棋盘和黑白棋子

乍听起来故事似乎存在矛盾，到山里观童子对弈的王质为晋代人士，而围棋早在西周或更早时期业已存在，怎么能说烂柯山是围棋的发源地呢？认真分析此说法并不相悖。王质到烂柯山之前，童子已经在山里对弈了多少年无从考证。烂柯山的名字虽出现在故事之后，但不管山的名字是什么，山早就存在。因此“烂柯山是围棋的发源地”的说法毋庸置疑。

走进烂柯山，远处可见一座巨大的悬空石桥悬架于东西山顶，南北中空，被道书称为“青霞第八洞天”；两侧石壁上分别镌刻“烂柯仙洞”和“天生石梁”。地面上刻有巨大的围棋盘和黑白棋子。除了青霞第八洞天外，烂柯山有诸多的名胜风景，引来包括意大利旅行家马可波罗在内的历代大量名家留下足迹和诗文。烂柯山不仅因源远流长的历史，也因晋代王质遇仙童对弈的故事和被誉为围棋的发源地而驰名。

另有资料记载，在陕西、山西、山东、河南、江苏、四川和广东等地也有烂柯山，竟有多达七八处流传有王质观棋烂柯的同样故事，民间还有不少文学作品和戏剧，描写和演绎这个神奇故事。但综合分析，典故源自浙江衢州烂柯山的说法最令人信服。

《世界日报》（上下古今版）2012年9月23、24、25日连载

三山五岳与三山五岭

我们常提到“三山五岳”一词，其最早出处见于清曹寅《舟中望惠山举酒调培山》：“三山五岳渺何许？云烟汗漫空竛竮。”现“三山五岳”已为成语，泛指各地名山或祖国各地。

说起“三山”，必提及齐国人徐市。徐市聪明过人，青少年习读儒书，成年精通阴阳五行，到处行医传道修真炼丹。在周游各国期间得知秦始皇一心寻求长生不死药一事。始皇二十八年（元前二一九年）秦始皇在青岛名胜琅琊台留驻期间，徐市上书言：“东海里有蓬莱、方丈和瀛洲三座神山，‘三神山’住着仙人，到那里可求得不死药。”随即，秦始皇派徐市率童男女数千到三神山求药。后人用真实的江西庐山、安徽黄山和四川峨眉山取代了子虚乌有的三神山，无需赘言。

泰山顶上的石刻和“五岳独尊”

“五岳”是我国五大名山的总称，先秦时代天子崇拜山神，封山为岳，按东、南、西、北、中方位命名，即东岳泰山、南岳衡山、西岳华山、北岳恒山、中岳嵩山，分别以如坐、如飞、如立、如行、如卧和以雄、秀、险、奇、峻而闻名于世。

我国有庐山、黄山、峨眉山等诸多名山，并未被封为“岳”，而海拔最高的北岳恒山不过二千〇十七米，南岳衡山不足一千三百米，五山并非我国最高却被封为岳，其原因可能是五岳所在的地理位置正是华夏先人社会活动最集中的地域。

东岳泰山一千五百三十二米，在五岳中高度居中。唐代有“五岳之伯”、“五岳之宗”等誉称，宋代诗人石介《泰山》诗：“七百里鲁望，北瞻何岩岩。诸山知峻极，五岳独尊严。寰宇登来小，龟蒙视觉丸。此为群物祖，草木莫锄殳。”首次出现“五岳独尊”的说法。位于泰山极顶的“五岳独尊”四字，为泰安府宗室爱新觉罗玉构于光绪三十三年（一九〇七年）留下的手笔。

攀登泰山（从关帝庙到南天门有石阶3600多级，到玉皇顶还有300多级）

《望岳》中的“造化钟神秀”

泰山天街

远古时期已有祭祀天地即“封禅”活动，以雄伟险峻的大山为祥瑞之地。秦始皇统一六国后，为震慑天下登临泰山设坛举行封禅。汉武帝刘彻七次到泰山，以此祈求边境安全和升天不死。唐玄宗李隆基到泰山祭祀天地，封禅仪仗长达百里，由长安出发浩浩荡荡挺进。《孟子尽心上》载：“孔子登东山而小鲁，登泰山而小天下。”司马迁《报任安书》言道：“人固有一死，或重于泰山，或轻于鸿毛。”从名人名言到“泰山压顶”、“泰山北斗”、“泰山梁木”、“泰山可倚”、“泰山之安”、“泰山若砺”等一系列成语，足以说明泰山在人们心目中的地位。历代有七十二帝王登泰山封禅。

南岳衡山位于湖南衡阳的湘江之滨，西岳华山位于陕西华阴县，北岳恒山在山西东北部，中岳嵩山屹立于河南豫东平原，与东岳泰山遥相呼应；除了皇帝祭天，五岳逐渐成为僧人道士修行、善男信女许愿、名人雅客赋诗、民众祈福游览的场所，故而愈加驰名，以致人们有“五岳归来不看山”的感叹。

杜甫留下《望岳》诗三首，分别给东岳泰山：“岱宗夫如何？齐鲁青未了。造化钟神秀，阴阳割昏晓，荡胸生层云，决眦入归鸟。会当凌绝顶，一览众山小。”给西岳华山：“西岳崚嶒竦处尊，诸峰罗立似儿孙。安得仙人九节杖，拄到玉女洗头盆。车箱入谷无归路，箭栝通天有一门。稍待秋风凉冷后，高寻白帝问真源。”和给南岳衡山：“南岳配朱鸟，秩礼自百王。歘吸领地灵，鸿洞半炎方。邦家用祀典，在德非馨香。巡守何寂寥，有虞今则亡。洎吾隘世网，行迈越潇湘。渴日绝壁出，漾舟清光旁。祝融五峯尊，峰峰次低昂。紫盖独不朝，争长嵘相望。恭闻魏夫人，羣仙夹翱翔。有时五峰气，散风如飞霜。牵迫限修途，未暇杖崇冈。归来觐命驾，沐浴休玉堂。三叹问府主，曷以赞我皇。牲璧忍衰俗，神其思降祥。

南岳衡山南天门

西岳华山

北岳恒山悬空寺

北岳恒山碑

五岳的形成是有发展过程的，《尚书》中仅有东、南、西、北四岳，而无五岳。春秋时“五行观念”盛行，在战国时期阴阳学家邹衍等人大力渲染木火土金水“五德终始论”的影响下，周平王封嵩山为中岳，“五岳”应运而生。司马迁在《史记·封禅书》中对名山大川总结了自五帝至秦代的演变过程。由于不同朝代建都于不同的方位，除东岳泰山和北岳恒山外，西、南、中岳均曾变动。周建都丰镐以华山为中岳，周平王东迁洛邑为都封嵩山为中岳、华山为西岳。汉宣帝颁发诏书，封安徽天柱山为南岳。隋文帝杨坚统一南北朝后废除天柱山，封湖南衡山为南岳，从此形成了现在的五岳。

这里所说的五岳与台湾五岳（玉山、雪山、秀姑峦山、南湖大山、北大武山）和朝鲜五岳（白头山、妙香山、金刚山、三角山、支离山）无关联。

除了三山五岳，还有三山五岭说。这要分宏观和微观两方面。宏观三山五岭的三山指安徽黄山、江西庐山、浙江雁荡山，与三山五岳中的三山有一山之别，即雁荡山取代了峨眉山，均在名山之列。五岭是指地处粤、桂、湘、赣四省交界的中国最庞大的山脉、重要的自然地理界线——南岭山脉。主要由越城岭、都庞岭、萌诸岭、骑田岭和大庾岭等五座山组成。

越城岭俗名“老山界”，位于广西全州和兴安县与湖南东安和新宁县交界处，为来往湘桂的要道。南面号称华南第一峰的猫儿山海拔二千一百四十二米，北面主峰真宝顶海拔二千一百二十三米。传说舜帝南巡时曾下榻东安县，故人称县内的越城岭为舜皇山。秦代在山上兴建了城郭，在兴安县筑了严关。

都庞岭位于湖南江永、道县与广西灌阳、恭城等县交界处，为湘粤两省间的通道，主峰韭菜岭位于道县境内海拔二千〇九米。据记载，汉代以前指定湖南蓝山县和广东连州之间为都庞龄，秦时在岭上建有湟溪关，与现代都庞龄的地理位置有一定差别。

萌渚岭位于湖南江华与广西钟山等县，为湘桂两省交流的通道，主峰山马塘顶海拔一千七百八十七米。

骑田岭位于湖南宜章和郴县之间，为湘粤两省要道，主峰海拔一千五百一十米。不同时代有不同的名称，岭上有秦代建筑的阳山关。

大庾岭位江西大庾与广东南雄县接壤处，为岭南岭北粤赣交通要道，主峰海拔一千米。秦时建有横浦关，汉武帝时有庾姓监军筑城，故名大庾岭。唐张九龄监督开凿通往中原新路，道旁多植梅树，故又名「梅岭」。宋嘉佑年间蔡挺在岭上筑关，名“梅关”。

从以上简述可见，五岭除了具有古老的历史，还有其险要的地理位置，从不同的视角和意义上来说，其闻名程度和地位之高与五岳齐名。

微观的三山五岭是“三山五岭八景台”中所说的笔峰山、东胜山、夜光山和田螺岭、百家岭、桂家岭、狮姑岭、金圭岭。此三山五岭全部位于江西赣州旧城区内，与三山五岳和宏观的三山五岭无任何意义上的关联。

《世界日报》（上下古今版）2012 年 10 月 8、9、10、11 日连载

三山五园话古今

北京历史悠久，旅游资源丰富，著名景点令人目不暇接，即使是走马观花地转一圈没有十天半月也是不够的，其中仅“三山五园”就得用三五天时间。

北京统称西部太行山脉的山地为西山。“三山”是分布在西山上的“玉泉山”、“香山”和“万寿山（瓮山）”。由于海淀至西山一线落成的大小园林星罗棋布，有附属园，有园中园，故对“五园”有多种说法，据清代卷《中国古代建筑史》认定的五园，笔者按建园时间先后排序为“静明园（澄心园）”、“畅春园”、“圆明园”、“静宜园（香山）”和“颐和园（清漪园）”。

颐和园（昆明湖心远望万寿山山前的佛香阁）

颐和园万寿山山后“后湖”两岸下沉的“苏州街”

自辽、金以来，北京西郊就是风景名胜区，金代在西山建了包括潭水院（香山寺）在内的“八大水院”作为离宫。明代增建了多处庙宇和私家园林，山水相映的自然景观可与江南媲美。

“香山寺”和“欢喜园（蟾蜍峰）”均为乾隆御笔亲题的静宜园二十八景之一

双清别墅碑

复建后的欢喜园牌坊正面

清康熙十九年（一六八〇年），在八大水院之一“香山寺”旁修建行宫，命名玉泉山南麓为“澄心园”（一六九二年改称静明园）；康熙二十九年（一六九〇年），在当时的明代私家园林“清华园”修建畅春园为离宫；一七〇九年，康熙始建圆明园，后赐给四子胤祯（雍正）。雍正三年（一七二五年）升圆明园为离宫，大规模扩建并命名了“圆明园二十八景”。乾隆二年（一七三七年）将圆明园扩建成四十景，被誉为“万园之园”；乾隆十年（一七四五年），香山（公园）正式筑建围墙赐名静宜园，并在园内建了大小园林八十余处，其中御笔钦题赋诗的有二十八处，即著名的“香山二十八景”；乾隆十四年（一七四九年）为祝贺母亲六十寿辰，把“瓮山”改称万寿山，“西湖”更名“昆明湖”，建造了以万寿山和昆明湖为主体的大型园林“清漪园”。至此乾隆完成了康熙始建的“三山五园”的全部工程。

圆明园遗址残景

蔚秀园留下的残墟废影

旧景依稀可见的“鸣鹤园”

圆明园附园“勺园”建有现代宾馆

“畅春园”为生活区，这里是学生进餐地之一

嘉庆以后国力逐渐衰落，道光年间五园几近荒废。咸丰十年（一八六〇年）英法联军火烧圆明园时大多焚毁，此后大部分地域被达官显宦、巨头阔佬建为私人别墅。光绪十四年（一八八八年）挪用海军军费修复了清漪园并改名颐和园。光绪二十六年（一九〇〇年）八国联军占领北京，除颐和园和静明园外，畅春园、静宜园、圆明园等再遭洗劫成为废墟。民国九年（一九二〇年）美国传教士、教育家约翰·司徒雷登为建设燕京大学建新校址买下三山五园一带的“燕园”等地，由美国建筑师亨利·墨菲设计，民国十五（一九二六）年新校园启用；一九五二年院校调整，燕京大学文理学系并入北京大学，工学系并入清华大学而解体，北京大学从红楼迁到燕园。

五园的今天，玉泉山静明园由某单位占用。畅春园遗址和圆明园附园“蔚秀园”是北京大学生活区，前者原有的园林景色皆无，南部建成“畅春新园公园”；后者，园内景色及石岩字迹已成为残墟废影。大多于一八六〇年遭焚毁的燕园及园中园明代米万钟私家的“勺园”、圆明园附园“鸣鹤园”、“朗润园”和清华大学占用的“清华园”当前均对外开放；圆明园辟为遗址公园。静宜园碧云寺、见心斋和昭庙保存完好，连同已修复部分和碧云寺孙中山衣冠冢等处全部开放。颐和园于民国十三年（一九二四年）由北平市政府改为公园，现包括万寿山山前的“佛香阁”和山后被焚毁重修的“苏州街”等全部开放。一九六一年被列为全国重点文物保护单位，一九九八年被列为世界文化遗产。三山五园在向您招手，向您述说其饱经的历史沧桑……

《世界日报》（上下古今版）2013年3月7、8、9日连载

附记：关于挪用北洋海军军费修复颐和园的说法需要说明。北洋海军于光绪十四年（一八八八年）在刘公岛正式建立，而颐和园的修复工程在此之前已基本完工，工程后期（包括改建石舫楼阁）如有挪用，应该是筹建北洋海军时期的费用。

北京天坛根儿·天桥·龙须沟变迁

少年时期我家住崇文门外磁器口，出门往南约百余米就是红桥。“红桥”本来是一座跨越“龙须沟”的小桥，因此成了小桥附近的地名。小桥称为红桥的原因无从查考，想必因为小桥南面很近就是天坛朱红色的北墙之故吧？

向北凸出略呈弧形的天坛北墙，从东端至西端约千余米，人称“天坛根儿”。当年墙体有多处坍塌残缺，翻墙入内玩耍是常有的事。紧靠墙基有一个厚厚的黄土平台，被人挖得零七八碎。二十世纪四五十年代，北京有一种卖黄土的生意人，把天坛根儿的黄土挖下来装在小柳条筐里，用排子车拉着沿街叫卖：“买黄土”！听到吆喝声，用黄土的居民走出院门，花二分钱买一筐，与街边小摊儿上的一碗豆汁儿（搭配咸菜丝）等价。

现在天坛北墙为灰色砖瓦，天坛根儿成为平整的非机动车道和便道

当年北京平民大多用煤球炉做饭取暖；煤厂即卖煤球也卖煤末。人们买来煤末配上一定比例的黄土加水和匀，自己捏成煤球或在地上摊成煤饼再切成小块晒干了用，这样比买煤球花费少些。

天坛北墙对面的非机动车道和便道地下面是龙须沟的暗道

那时天坛没有北门，沿天坛根儿向西走到尽头就是家喻户晓的天桥。清道光、咸丰年间（一八二一至一八六一年），天桥一带出现一批流动摊贩和各门类的卖艺人，成为许多民间艺术的发祥地和北京人最重要的游乐场所。有撂地（露天）、大棚，或在茶社、书社、戏园子，展示说唱曲艺、武术、杂技、摔跤、变戏法、拉洋片等各路艺人多达数百，随之而来的还有看病的、镶牙的、卖药的和各种小吃等应有尽有，是热闹繁华的地方。

二〇〇三年新复制的天桥，节日桥面上置满鲜花

桥南正中地面上刻有“北京中轴”字样

天坛根儿到处堆放着生活垃圾，没有像样的路。我们经常从红桥坐小驴车代步去逛天桥。在天桥观看各式把戏的同时，有一个问题总在脑海里打转转："真有'天桥'吗？桥在哪儿呢？天桥得有多高啊？"

元中统十二年（一二七一年），在大都正阳门外南郊建了祭台，凡国有大典礼均到南郊告谢。北京城内海拔约四十四米，城外地势较低，天桥一带野水沼泽东西相连横穿大都中轴线，妨碍民众南北通行也阻隔了帝王赴南郊祭天的道路，因此修建一座长八米、宽约五米、两侧有栏柱的汉白玉高拱石桥，两侧建有平板木桥。高拱石桥是天子祭天必经的御桥，故名"天桥"，同时地名以桥名代之。拱桥平时用木栅栏封起来供帝王专用，一般官民走两侧的木桥。明永乐十八年（一四二〇年）建了天坛和先农坛，清乾隆十五年（一七五〇年）明清两代建设的南外城竣工，光绪年间（一八七五至一九〇八年）京汉铁路建成，车站建于永定门外，往来人员必经天桥，天桥地区的重要地位凸显。

《皇都篇》《帝都篇》碑

正阳桥疏渠记碑

天桥俗称龙鼻子，以正阳门为龙头，桥东西两侧弯弯曲曲的水沟犹如龙须，故称龙须沟。龙须沟是在建天坛和先农坛时，沿天桥至红桥一带野水沼泽相连的低洼地挖的排水沟，西起虎坊桥经天桥东行穿过红桥，略向东再向南注入左安门外护城河，全长六千余米。光绪之前沟水清澈透明，后来有贫民陆续迁入沿线，从而垃圾、渣土日益增多，沟水随之浑浊，宣统以后沟道淤塞，从天桥至红桥成了死水，进而形成一条臭水沟。一九五二年，老舍先生的话剧《龙须沟》并据此拍成的电影，书写了龙须沟治理前的一段历史。

清光绪三十二年（一九〇六年）在整修正阳门至永定门的马路时把天桥改建成矮矮的石桥；民国十七年（一九二八年）为了便于有轨电的车行驶又把桥身修平；民国二十三年（一九三四年）从正阳门至永定门路面扩宽时，桥的石栏也被拆除。一九五〇年开始对龙须沟进行彻底整治，改造为地下排水管道。

七七事变后，天桥的游艺场地日渐缩小，一九五七年后各类娱乐活动停止。一九七九年以后，磁器口和红桥老街道东侧打开了新磁器口和红桥大街直接与崇文门相连，红桥东南兴建了世界闻名的红桥市场。

半个多世纪转眼逝去，龙须沟早已不见踪影，红桥和天桥已不复存在，留下的是因桥而得名的红桥、天桥两个地名和宽敞的天坛北路以及一九七五年新开建的天坛北门。

《世界日报》（上下古今版）2013 年 11 月 24 日刊载

后记：二〇一三年十二月，在进行天桥演艺区项目规划的同时，天桥作为北京中轴线重要的标志之一按原样重建（非通行）竣工，结束了八十年“天桥”无桥的历史。因原桥旧址现为十字路口，故复建桥向南移了四十米。

原天桥两侧没有石碑，清代于桥南头的东西侧各置一碑，西侧为乾隆御制“《帝都篇》《皇都篇》”碑，东侧为“正阳桥疏渠记”碑，两碑形状和尺码相同。乾隆御制碑南向是乾隆十八年（一七五三年）岁在癸酉孟夏月御笔的《皇都篇》，北向是同年岁次癸酉孟夏月御笔的《帝都篇》，内容是对北京的概述赞誉。“正阳桥疏渠记”碑文为乾隆五十六年（一七九一年）御笔，记述天桥（被视为正阳桥）两侧及其南部河道的治理过程。清光绪三十二年（一九〇六年）整修马路时将两碑移走。在天桥复建中，仿建的两座方碑同期落成。

乾隆御制“《帝都篇》《皇都篇》”的碑刻原有两座，制作两座的原因有两个说法。其一，御制碑拟置于永定门外的“燕墩”上，乾隆认为原造碑太小被弃用，又重造一座。其二，天桥和水道治理完工后，乾隆亲自书写了“正阳桥疏渠记”刻在方碑上，立在桥南头东侧，同时把燕墩上的御制“《帝都篇》《皇都篇》”碑复制了一座立在桥南头西侧。实际情况是，燕墩御制碑高八米，天桥御制碑高六米，其一说法正确。

《帝都篇》中有“我有嘉宾岁来集，无烦控御联欢情。”的字迹，说明当初立在燕墩上的石碑象征一座迎宾的“国门”，重刻一座置于天桥，象征着天桥被确立为新“国门”，其意义与燕墩同样重要。

原天桥“乾隆御制碑”现置于首都博物馆室外东北角。原“正阳桥疏渠记”碑现置于顺治年间建成的弘济院僧庙（红庙），今天坛路红庙街78号院，一九八四年公布为市级文物保护单位。

未名湖与博雅塔

圆明园始建于康熙四十八年（一七〇九年），康熙将其赐给了四子胤禛。胤禛登基成了雍正皇帝，又对圆明园进一步增建大修，并将附近已有的多处园林纳入为附属园；后来乾隆赐给宠臣和珅的包括“未名湖”在内的“淑春园”就是附属园之一。和珅将淑春园改建成“十笏园”，从查抄和珅家产的清单可知，淑春园有楼台六十四座，四角更楼十二座，更夫一百二十人；房屋一千〇三间，游廊楼亭三百五十七间。斌良的七律《游故相园感想题》：“铜铺羃幂径苔侵，策马荒园寄慨深，爱蓄名花歌玉树，曾移奇石等黄金，缤纷珂繖驰中禁，壮丽楼台拟上林，犹胜荒地秀蒲牌，澹烟废绿远阳沉。”形象地描绘了其富丽壮观的规模和气势。咸丰十年（一八六〇年），英法联军的一把火把圆明园及其大多附属园焚毁。

博雅塔

北京大学校本部“燕园”由明代才子米万钟故居“勺园”的基础上几经变更发展扩建而成。民国九年（一九二〇年）美国传教士、教育家司徒雷登为燕京大学兴建新校址购置了燕园及其附近地带，淑春园及其所属的未名湖等多处园林成为燕园的园中园。一九五二年在院校调整中，燕京大学解体，其所有学系分别并入北大和清华；北大从城里的“红楼”迁到燕园，淑春园成了北大的一大景观。

石坊及其幸存的石屏风

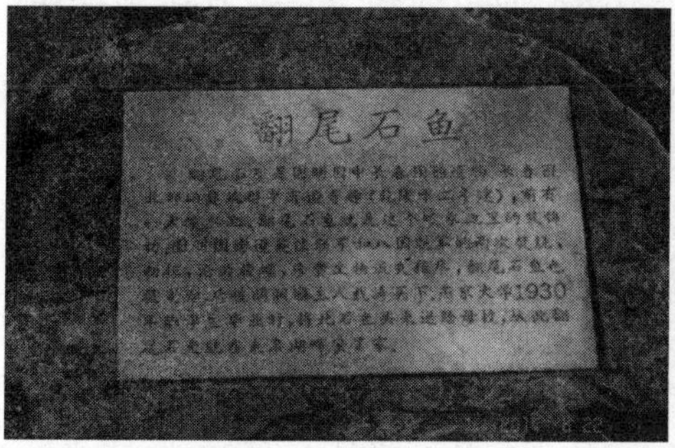

翻尾石魚

石桥端的石门（左侧施工中）

湖南岸的钟亭

《未名湖畔》诗曰:“客戏游鱼近,柳展暖风亲。春桃悄绽蕾,恐惊读书人。”从诗句中可见,未名湖在人们心目中的地位和形象。然而在很长时间内,这迷人的湖却没有名字,曾有不少名人苦思冥想为其命名,但无论怎么称呼都难令人满意。一天,燕京大学历史学教授钱穆有了灵感说,既然一直定不了名字,干脆就叫“未名湖”,从此未名湖成了湖的正式名字。

岸多曲多弯的未名湖,是在自然水面基础上有规划地修整成的人工湖。现今湖面上的“翻尾石鱼”原是圆明园西洋楼前的物件,民国十九年(一九三〇年)燕京大学毕业生将其买下作为礼物献给母校置于湖中。靠西岸的石舫是和珅仿照颐和园石舫而建,石基上的建筑物于咸丰十年(一八六〇年)被焚,仅有刻着:“画舫平临苹岸阔 飞楼俯映柳荫多”和“夹镜光微风四面 垂虹影界水中央”两幅对联的四扇石屏风幸存,现保存在湖北岸。

淑春园在湖北岸的其他建筑在火烧圆明园时也受殃及,但其痕迹犹存;一座小石桥南端立着一石门,门楣上刻有:“断桥残雪”,阳面对联:“杨柳似含烟幕历 楼台仍积玉嵯峨”,阴面对联:“着树梅花发野 x(字迹难辨)连村画景张横幅”,百余年后仍透视出故园风貌的一瞥。与其邻近的还有附属于淑春园的“镜春园”以及一大片清代和仿清建筑,目前是一批研究单位的所在地。

燕大的校钟悬挂在湖南岸的“钟亭”内,大钟上有满汉两种文字“大清国丙申年制”字样,每年岁末钟声响起,提示人们及其邻近的“花神庙”、“临湖轩”等辞旧迎新的时刻已经到来。“乾隆诗碑”和蔡元培校长的塑像分别隐于南岸僻静的一隅。

民国十三年(一九二四年)七月,正在建设中的燕大新校园拟建一座专供学校使用的水塔;有人提议,为与未名湖畔的风景相协调,应建一座古塔式水楼。在校园内建塔似无先例,这合适吗?在争议中,校方广开言路倾听各界心声,最后仿照北周时期落成的通州燃灯塔,在湖东岸用钢筋水泥建了一座中空水塔,螺旋梯自底层直通高三十七米、十三层的塔顶;据悉,站在塔顶极目远望,西山秀色尽收眼底。水楼及其周边的松柏与碧波荡漾的湖水构成了“湖光塔影”景观，可谓天作之合。由于捐资人为哲学系教授博晨光的旅美叔父，故名“博雅塔”。

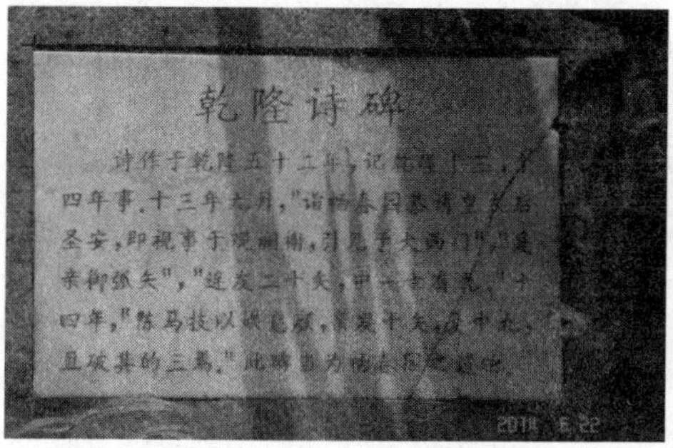

乾隆诗碑坐落在湖南岸的一隅

未名湖

湖光塔影

湖畔是说古论今、促膝交流、苦心修学、展示青春风采的佳境。有人说未名湖是北大的象征和灵魂，把未名湖比作北大的眼睛，博雅塔比作瞳仁，如果未名湖干了、博雅塔倒了，北大就不再是北大。校园流行一首诗：“未名湖是个海洋，诗人都藏在水底，其灵魂是一条鱼，也会从水面跃起。”

原燕京大学未名湖区为北京市文物保护单位

未名湖燕园建筑为全国重点文物保护单位

二〇〇一年，万泉河完成了治污工程，河水流经未名湖，使之成为一池碧水，每逢结冰期辟为滑冰场。因各具丰富内涵和鲜明特色的博雅塔、未名湖、图书馆等融为一体，有人用成语“一塌糊涂”的谐音将其诙谐地概括为“一塔湖图”。

在具有圣洁湖水的未名湖和具有博雅的博雅塔身边曾有辉煌也曾有不幸；诸多名师先贤、学术精英们在这里推动了社会的发展与进步，但在上世纪五六十年代，不少人曾从这里被流放或关进牛棚，他们的灵魂和躯体受到无情的摧残，其中著名的历史学家丁则良投未名湖自尽。

未名湖和博雅塔积淀了博大精深的文化底蕴和浓郁的学习氛围，倍受莘莘学子们所向往。每当暑期到来，总有三三两两或成群结伙的毕业生，依依不舍在湖畔流连忘返；每当新学年开始，又一批新成员向湖畔走来，如此年复一年……

未名湖见证了圆明园的兴衰，未名湖和博雅塔几乎见证了燕大和北大的一切，见证了近百年曲折的历史变迁；未名湖和博雅塔还将继续见证历史发展的进程。

《世界日报》（上下古今版）2014 年 10 月 14、15 日连载

沧桑刘公岛

刘公岛位于山东半岛威海湾，面积三点一五平方公里，距陆地二点一海里，隶属威海辖区。

中平六年（一八九年）汉灵帝刘宏驾崩，太子刘辩（少帝）即位；权臣、凉州军阀董卓乘机率兵进入洛阳，废少帝立刘协为献帝，自命为相国独揽朝政。为除后患，董卓害死少帝并对已有身孕的唐妃施以绞刑。曾受唐妃恩惠的行刑武士以巧妙的办法挽救了唐妃的性命，后来生下少帝的遗腹子刘民。延康元年（二二〇年），文帝曹丕灭献帝刘协建立魏国，对刘姓皇族进行剿杀，刘民等刘姓人离开河南，躲避到刘姓皇族封国属地——荒僻的东莱郡石落村（威海）。为了生计，刘氏一边打鱼一边到一邻近的小岛上开荒种地，并在岛上为过往船只指引方向，故人称该岛为刘家岛。

高举火把引路的刘公塑像伫立在海边

传说，一艘商船在暴雨中行驶到威海外海迷失方向，船民们在海上漂泊数日彻底绝望时突见一位举着火把的老人站在岸边。濒死的船员们奋力把船靠了岸，老人和妻子把十几个人一一背到家，喂水喂饭挽回了他们的性命。获救的船民打问老人的姓名，他说：“我姓刘，不必问名。”安排船民们休息后，夫妻俩转身离去。第二天船民们想再当面谢恩，但却不见他们的踪影。无人知晓夫妻俩是何许人，更难以确知他们与皇室刘民是否有关，只听民间说他们是行善的刘公刘母，为此后世民众在岛上建了刘公庙，岸边竖立了高举火把的刘公塑像，并把该岛称为刘公岛。

水师提督署改建成 甲午战争博物馆

初建于明代的刘公庙 90 年代初修复

齐国建立后，岛上开始形成村落；元代海运业有了很大发展，刘公岛成了从长江口到直沽（天津）货船的中转站；明代海运业进一步兴隆，来岛停船日增，岛上居民也随之增加。为防倭寇侵扰，明洪武三十一年（一三九八年），朱元璋下令北起鸭绿江，南至琼州半岛沿岸筑起一道海防线，刘公岛常年驻军。永乐元年（一四〇三年）构筑威海卫城，刘公岛成了海防重地。

鸦片战争后，清政府开始重视海防建设。光绪十三年（一八八七年）在岛上建炮台、码头、船坞等，并设立兵舍、电报局、弹药库等。一八八八年，以丁汝昌为提督的北洋海军在刘公岛正式建立。接着，指挥中心海军提督属（水师衙门）竣工，继而建立水师学堂招收学员。光绪十七年（一八九一年），直隶总督兼北洋大臣李鸿章在水师衙门厅前检阅舰队操演，并到刘公庙叩拜，从此叩拜刘公成了海军出海或作战的程式。

因朝鲜问题作为导火索，光绪二十年（一八九四年）七月中日甲午战争爆发。持续七个月的战争中，邓世昌等七名管带先后殉职、致远号等四艘舰只沉海，北洋海军全军覆没；一八九五年二月十二日丁汝昌拒绝投降服鸦片自杀，日军登上刘公岛。李鸿章带着继子李经方等三名助手与日方进行了艰苦谈判，四月十七日代表清政府在日本马关春帆楼与总理大臣伊藤博文、外务大臣陆奥宗光等日方代表签订了包括赔款白银二点三亿两和割让台湾岛等条款的《马关条约》。

光绪二十四年（一八九八年）英政府提出租借威海卫，与清政府签订了《订租威海卫专条》。一九〇二年，英军在岛上建起了一批生活娱乐设施，成了英皇家海军远东舰队疗养地。民国二十六年（一九三七年），日本再次占领刘公岛，设立华北要港司令部，直至民国三十四年（一九四五年）二战结束，刘公岛重回祖国怀抱，成为我国的海军基地之一，被称为“不沉的战舰”。

一九八五年日军占领刘公岛九十年之际，水师提督署改建为中国甲午战争博物馆岛对外开放；在一九八八年北洋海军成军一百周年时修建了北洋海军忠魂碑，但直至一九九〇年代初，小岛仍显得比较荒凉。随着旅游业的崛起和迅速发展，对唐代的望海楼、明代的刘公庙、清代的铁码头、炮台、丁汝昌纪念馆、水师学堂等多处古迹进行修复，小岛也进行了重新规划，增建了现代设施，使清冷的小岛很快繁华起来。当前，每日有数十艘豪华游轮运载八方来客往返于威海和小岛之间，历经沧桑的刘公岛已成为国家五A级旅游地。

《世界日报》（上下古今版）2014年11月19、20日连载

春联与对联

贴春联是我国民间习俗，一过腊月二十三，家家户户就开始贴春联。早在西晋时期就出现了有韵律的联语，形式严格的联语进一步发展成为对联。特地为过年（春节）时写的对联即为春联。欲知春联起自何时，我国第一幅春联写的什么，作者是谁等问题，则需追本穷源。

传说鬼域山上一棵大桃树的枝干弯下来直到地面，犹如鬼域的大门。天帝怕山里的野鬼出来扰民，派了“神荼”和“郁垒”二神在门旁把守，专捉拿作祟的恶鬼喂老虎，于是有了“鬼怪桃木”之说。自周代起，人们过年时把驱鬼镇邪的神荼和郁垒的画像刻在桃木板上挂在左右房门，名为“桃符”。《后汉书·礼仪志》说，桃符长六寸，宽三寸，桃木“正月一日，造桃符着户，名仙木，百鬼所畏。”

对联 从右向左读

春联 从左向右读

唐太宗李世民登基后，总觉得夜里宫外闹鬼而不能安睡，开国功臣秦叔宝和尉迟恭自告奋勇到宫门守夜，从此踏实过夜。时间长了，唐太宗不忍心让两位大将长期守夜，命人将他俩披盔戴甲的威武形象画下来贴在门上，有的在画像下写“昔为唐朝将，今作镇宅神。”此事传播开来，秦叔宝和尉迟恭逐渐被奉为门神（后来被视为门神的还有此前的秦琼、后来的锺馗以及道教的青龙白虎、佛教的哼哈二将等不一而足）。由于门神的出现，承担了驱鬼镇邪的职责，桃符上不再刻神荼和郁垒的画像，只写春联。清《燕京时岁记》说：“春联者，即桃符也。”

春联的来历弄清楚了，但第一副春联具体写的什么、书写者是谁却有不同说法。有人说是五代十国后蜀皇帝孟昶的儿子孟喆写的“天垂余庆 地接长春”，有人说是孟昶自己写的“天降余庆 圣祚长春”，由孟喆将其置于自己寝室的门上。最流行的说法是，北宋乾德二年（九六四年）除夕，孟昶召学士辛寅逊进宫，令其在宫门的桃符上题写联语，辛寅逊提笔写下了“新年纳余庆 佳节号长春”，但《宋史·蜀世家》中说，孟昶对辛寅逊原来写的并不满意，这副联语由其亲笔所题。在多个说法中，学者大多认为这副联语的书写者是辛寅逊，并认为是我国的第一副春联。

春联 倒贴福字 无横批

春联从右向左读，横批自左向右读，显然存在瑕疵

在桃符上写春联，不仅可以驱鬼镇邪，还能表达人们的美好愿望，所以文人把写春联视为雅事流传开来；王安石在《元日》中“千门万户曈曈日，总把新桃换旧符。”形象地反映了新春时节旭日升起时，家家户户把旧春联换上新春联的景象。张邦基《墨庄漫录》载，苏东坡在黄州除夕前访王文甫，

提笔在桃符上写了“门大要容千骑入 堂深不觉百男欢”，说明宋代贴春联已成习俗。元书画家赵松雪一次过扬州，迎月楼主人求其写联语，赵松雪题写“春风阆苑三千客 明月扬州第一楼”，对迎月楼大加赞赏，主人大喜过旺以紫金壶奉酬。

陶然亭东向檐下对联

陶然亭西向檐下对联

明太祖朱元璋在一年的除夕前，命公卿士庶用红纸代替桃木板写联语贴在门的两侧，要求百姓一律照此办理；除夕日微服出巡，发现一家没贴联语，侍从报告说该主人是阉猪的不会写，年前繁忙没来得及请人代笔。听了报告，朱元璋命人取来纸笔信手题写："双手劈开生死路 一刀割断是非根"，联语与主人职业十分贴切，当即将其命名为春联，此后不再用桃木板写联语，桃符的名称也由春联所取代。皇上亲自写春联，大大推动了贴春联习俗的流行。时至清代，春联已细分为门心联、框对联、横批、春条等。

对联要求平仄声相对、词语词性一致、虚实对仗等，明代顾宪成《名联谈趣》中的"风声雨声读书声声声入耳 家事国事天下事事事关心"就是例证；纪晓岚和友人的一副绝妙对联堪称典范。友人出句："双塔隐隐 七层四面八方"，纪晓岚对句："孤掌摇摇 五指三长二短"。春联则为一种精巧、简洁描述时代背景的对联，以五字和七字最常见，也有六字、八字和多字联，多为吉祥语或反映宅主人的身分（如官宦人家常写"国恩家庆 人寿年丰"；学儒人家常用"忠厚传家远 诗书继世长"；商贾人家常为"生意兴隆通四海 财源茂盛达三江"；农家常贴"春好禾苗壮 人新稻谷丰"等等）。

经过发展，春联派生出可以贴在不同场所的门联、厅联、喜联、孝联、挽联、庙联，名胜联、商业联、装饰联等多种对联。贴在对联的中间上方的"横批"（横披、横额、横联）是春联的组成部分（可有可无），多为四字，有概括、写意、互补等作用，可以提高春联的艺术性。贴在堂屋廊柱、炕头、院墙、大树等只有一联的叫作"春条"。

慈悲庵观音殿对联

慈悲庵文昌阁对联

贴春联应该是面对门的右侧贴上联，左侧贴下联，横批文字由右向左。由于阅读习惯的改变，现在有人将上下联反过来贴，但横批必须改为从左至右，否则会令人尴尬。贴春联时还常在房门或墙上贴福字，有人将福字有意倒着贴，寓意福到了。倒贴福字始自明代，朱元璋曾用福字定为杀人的暗号，后来被马皇后知道了，为避免杀人，就暗自下令全城所有人家连夜在自家门上贴福字。第二天朱元璋派人查看发现家家都贴了福字，弄不清暗定要杀的人家，却见一户不识字的人家把福字贴倒了，朱元璋一见大怒决定满门抄斩。马皇后解释说："人家知道皇上要来，故意把福字倒贴，就是'福到'的意思。"朱元璋听了有理，取消了杀人的决定，从此倒贴福字流传开来。后来倒贴福字有了讲究，只能贴在房门、柜子、院内墙壁等处，不能倒贴在墙外和院门上，如是则寓意把福倒在外边了。

随着对联、律诗的发展成熟，千余年来出现的千古绝对不胜枚举，脍炙人口的春联也不计其数。春联对联艺术已成为中华民族的文化瑰宝传承至今千年不衰。

《世界日报》（上下古今版）2015 年 2 月 16、17、18 日连载

木兰围场

走进河北省围场县，几乎每处歇脚的地方都有“木兰围场”、“木兰秋弥”等令人困惑的词语。要彻底弄清其中的意思，最好的办法就是实地体察。

用白桦木为材料可以制作一种笛子，吹这种笛子所发出的声音就像雌鹿求偶时招引雄鹿的啼声。用吹这种笛子或用口哨效仿这种啼声引诱雄鹿的做法称为“哨鹿”，满语“木兰”的意思就是用哨鹿的方式进行捕猎。之所以采用哨鹿的方式，是因为捕杀对象仅限于雄鹿而不伤害雌鹿，是一种诱杀雄鹿的狩猎方式。

走进围场

塞罕坝镇未名湖

围场草原

御道口森林风景区

“围场”是指河北东北部与内蒙古草原接壤的围场县（现隶属承德市）。历史上，围场是闻名的天然名苑，茂密的原始森林和辽阔的草原是野生动物栖息的天堂，有各种珍禽异兽在此繁衍生息，辽金时代曾是帝王避暑狩猎的地方。康熙二十年（一六八一年）平定了“三藩之乱”以后，皇帝北巡围场，看中了塞外的这片地域，为“肄武绥蕃”（即练兵习武）在此开辟一万多平方公里的场地作为皇家猎苑而设立围场，并将其划分为七十二个小围场，每次选择几个区域轮番狩猎。由此可见，“木兰围场”是由满汉两种语言混合搭配成的词汇。

“秋弥”寓意弥漫着秋天的景色和气息；每年秋天，皇帝率领将士们从京城出发日夜兼程赶往围场，在哨鹿的同时从四面包围各种野兽往皇帝的行营驱赶，皇帝适时入围捕猎，各路将士也随之开弓搭箭，因狩猎活动在秋天举行，故称“木兰秋弥”。

满人先祖生活在草原和密林中，主要靠捕鱼狩猎为生，康熙帝把每年在围场举行大规模的“木兰秋弥”（包括政治、习武和旅游等活动）定为世代遵守的族规，以示不能忘本。同治元年（一八六二年）围场划定了界限并招民伐木垦殖，原始森林遭到蚕食。光绪二年（一八七六年）设围场厅，民国元年（一九一二年）正式建制围场县，一九八九年改为围场满族蒙古族自治县。

三百多年过去了，木兰围场还保留着皇帝狩猎和北巡围场的诸多踪迹，其中最著名的当属乾隆的“打虎洞”和“摩崖石刻”以及保存完好的“虎神枪记碑”。碑文说的是乾隆十七年（一七五二年），皇帝带领将士到木兰围场的“岳东围场”举行木兰秋弥，闻讯在一个石洞里藏着一只虎，乾隆随即举起祖传的“虎神枪”对准三百步以外的石洞射击将虎击毙，然后书写了这一活动的过程：“壬申秋于岳乐围场中。猎人以有虎告，而未之见也。一蒙古云：虎匿隔谷山洞间，波亲见之，相去盖三百余步。朕约略向山洞施枪，意以惊使出耳。乃正中虎，虎咆哮而出，负隅跳跃者久之复入。复施一枪，则复中之，遂以毙焉。蓝向之发无不中，乃于豁谷丛薄目所能见之地，斯已奇矣。而兹岳乐所中，则隔谷幽洞，并来虎耽耽阚如之形，于揣度无意间复焉深入，不移时而殪猛兽，则奇之最奇。某称为神，良有以也。”此即“虎神枪记”，事后在石洞对面山上立碑镌刻此文铭记，即“虎神枪记碑”。另在石洞的巨石上镌刻着满、汉、蒙、藏四种文字：“乾隆十七年秋弥，上用虎神枪殪伏虎于此洞。”即“打虎洞”和“摩崖石刻”。此外还有“永安莽喀诗碑”、“于木兰作诗碑”、“入崖口有作诗碑”以及“将军泡子”、“点将台”、“十二座连营”等古战场遗迹和遗址。

秋弥文化园

射箭活动

塞罕坝森林公园牌楼山坡上“塞罕坝欢迎您”

字迹模糊的虎神枪记碑

木兰围场海拔一千四百米至一千七百米，主要包括“塞罕坝”（即美丽的高岭）森林公园、“御道口”草原森林风景区和“红松洼”自然保护区，共约一万零四百平方公里，超过围场县总面积的百分之十。一九六二年，国家在塞罕坝设立了造林场，采用机械（化）大规模造林。时下，林场场址附近已形成了塞罕坝小镇，周边是无边际的森林和草原，二〇〇二年被国家林业局授予“再造秀美山川示范教育基地”等荣誉称号。现在，木兰围场已成为以保护森林生态系统和濒危珍稀野生动植物为主的自然保护区和人们向往的旅游避暑圣地。在这里，人们可以选择骑马、射箭、漂流等活动，可参加篝火晚会、品尝烤鹿肉、烤全羊等美食，充分体验回归大自然的感觉，享受一番别样生活。

《世界日报》（上下古今版）2015 年 11 月 7、8 日刊连载

附记：为了解“塞罕坝”和“塞罕坝机械林场”名称的含义及历史，笔者两度走进林场机关大楼拜访，并索取了“河北省塞罕坝机械林场 2008 年宣传文章汇编”《林海芬芳》等资料。因以机械化造林取代了人工体力造林的模式，所以称为“机械林场”。

下届冬奥会举办地张家口今昔

今年七月三十一日，国际奥委会在吉隆坡举行的第一百二十八次会议上，确定了在北京和张家口联办二〇二二年第二十四届冬奥会，从而张家口成了人们热议的话题。

张家口发祥于现今市内桥西区的“堡子里”。堡子里始建于明宣德四年（一四二九年），由指挥使张文主持，城堡方四里十三步，城高三丈二尺，建有东门“永镇门”和南门“承恩门”，遂称张家口、张垣（张城）。又，明嘉靖八年（一五二九年）守备张珍为出入城堡方便在北墙开一小门，“小北门”小如口，故称“张家口”。正统十四年（一四四九年）明英宗与蒙古瓦剌部落首领也先交战败退“土木堡”（现张家口怀来县，史称“土木堡之变”）以后的八十年中，城堡北部的长城已有多处破损，开小门以策安全。

位于堡子里街道的定将军府

位于堡子里街道的俄国立昌洋行旧址

宣府镇（现张家口宣化区）是管辖北京居庸关至山西阳高县五百多公里长城防线的重镇，堡子里作为其中的一个屯兵场所而建，因在战事中起着重要的作用，故又称“武城”。自嘉靖年间起，经贸业悄然在单纯的屯兵城堡发展起来。张家口北部的长城原没有关口，为适应形势发展的需要，万历四十一年（一六一三年）在城堡外的长城墙上开凿了“小境门”、清顺治元年（一六四四年）又开凿了“大境门”，两门同时开放进出便利，张家口成了有名的“陆路商埠”。正如大境门碑记中所载：“张库大道，昼夜驼铃；大小境门，贸易不歇，千店万铺，亿两白银。”

地处市区西部的“赐儿山”远景

坐落在赐儿山腰的“云泉禅寺”“塞外佛教第一寺”是台湾中国佛教会理事长释圆宗的手迹

宣统元年（一九〇九年），由国人詹天佑设计并主持兴建的京张铁路（北京至张家口）开通，以及民国八年（一九一九年）张库公路（张家口至库仑）建成，驼队和牛车运载商货的方式逐渐由火车汽车取代，使张家口成了中外商贾聚集地和西北的商贸中心，仅大境门内外商铺就超过千户。至民国十二年（一九二三年）已有中、德、英、美、俄、日、荷等洋行、票号、钱庄八十余家。

张家口距北京市区一百八十公里，被称为“首都北大门”，现有国道、省道和铁路等贯穿四面八方。现今的堡子里，文昌阁、康熙茶楼、抡书院、定将军府、察哈尔财政厅等建筑和俄国立昌、日本三菱、德国地亚士、美国德泰等洋行旧址保存完好；大境门旅游区对山神庙、三娘子庙、关岳庙等古迹进行了修复，康熙被关在大境门外不能回城，被迫在山亭（后称“卧龙亭”）过夜反而奖赏守关人的故事在此传颂；人间祈求子嗣的“赐儿山”与市区西部毗邻，“云泉禅寺”坐落山腰，寺前镌刻的“塞外佛教第一寺”乃台湾中国佛教会理事长释圆宗的手迹。除了市区古迹外，市郊有张北元中都、京西第一府宣化古城、蔚县原生态古堡上苏庄、赤城的温泉、怀来的沙漠和鸡鸣峰、人类遗址阳原泥河湾，还有海拔近三千米的小五台山和二千余米的空中草原等诸多景点。长城古堡、峡谷奇石、名寺宝刹、沙漠山川，对张家口来说无一不有，实为一大自然综合博物馆。

张家口是北方各民族的杂居地，自春秋至清末，经匈奴、东胡、鲜卑等各民族的交互更迭，又经民国时期的察哈尔省省会等复杂的历史沿革，成为现今的河北省直辖市。阴山山脉横贯东西，将全市分为坝上和坝下不同的两个自然区，北部坝上地区年平均气温零摄氏度，七月平均气温二十摄氏度。承办冬奥会雪上运动项目的崇礼县（寓意崇尚礼仪）位于坝上坝下过渡区，有广袤的原始深林和草原，有三十平方公里、积雪厚度七十厘米、积雪时间长达五个月之久的天然滑雪场。自二〇〇一年起，每年一度的国际滑雪节在崇礼成功举办，人口仅十余万的小县得以迅速发展，多家星级酒店相继落成，只有一条街的县城随之扩延。赢得冬奥会举办权，除了有北京的雄厚实力外，张家口及其崇礼县得天独厚的自然环境是绝不可少的条件。为迎接第二十四届冬奥会的到来，全长一百七十四公里的京张高铁业已动工，预计三年后从北京到张家口仅需四十分钟的车程。

“大境门”三字为六岁皇帝顺治书写 “大好河山”由察哈尔都统高惟岳书写

崇礼县与张北草原之间的“草沿天路”